KB267646

박 홈

빅 홈

진저 장편소설

차례

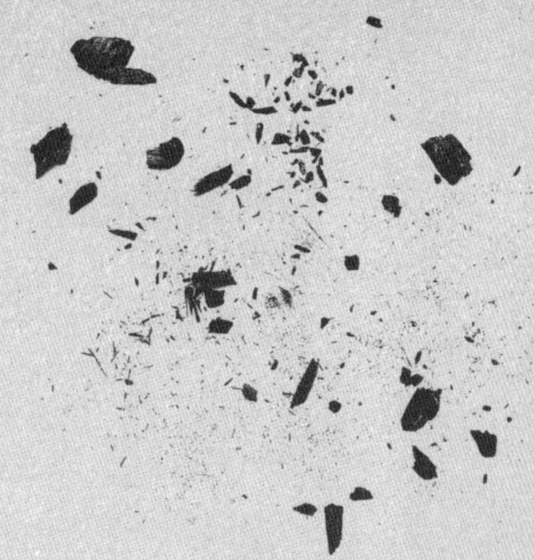

하늘이 녹색으로 멍들다

타타타타.

막 돌린 팽이처럼 프로펠러가 돌아가기 시작했다. 빨간 헬리콥터가 흙먼지를 일으키며 공중으로 날아올랐다. 그것은 매주 금요일마다 13홈(Home)으로 날아와 식료품과 의료품을 배달하고는 금세 사라졌다.

"멈추어어!"

헤이가 고함을 바락바락 쳤다. 하늘에 뜬 헬리콥터를 따라잡으려 상반신을 울타리 밖으로 쭉 내뻗었다. 비쩍 마른 몸뚱이가 3미터 10센티 높이로 처진 은빛 울타리 위로 곡예하듯 흔들렸다. 울타리에 오르는 건 위험천만한 행동이었다. 헬리콥터의 이착륙 때문에 아주 잠깐 울타리 전기 스위치가 내려간 것뿐, 전기가 들어오는 순간 헤이는 통구이가 될 터다.

"나도 좀 데려가라고, 씨."

앙칼지게 노려본들 소용없었다. 무정한 헬리콥터는 제 갈 길만 재촉하더니, 이내 동그랗고 빨간 점이 되어 버렸다.

"썩 내려오지 못해!"

나이 든 경비원이 헐레벌떡 달려왔다. 전기 울타리에 매달린 소녀를 향해 목에 핏대를 세웠다.

"위험하니까 펜스엔 올라가지 말랬잖아. 철딱서니가 없어서 원……."

헤이가 후다닥 내려와 차렷 자세로 고개를 푹 수그렸다. 경비원과 싸워 봐야 좋을 게 없었다.

"또 너니? 대체 몇 번째냐? 보건 당국에 보고한다 했지?"

경비가 코앞에 곤봉을 흔들었다.

"죄송해요. 이제 안 올라갈게요."

헤이는 병든 병아리처럼 얌전히 고개를 조아렸다. 마른 진흙으로 덮여 노래진 그의 안전화를 흘낏거렸다. 홈 경비와 관리자들은 밑창이 하도 두터워 키 높이 신발처럼 우스꽝스러운 안전화를 신고 다녔다. 마치 이 죽은 땅의 흙 따위는 한 톨도 밟지 않겠다는 듯.

"갑갑해도…… 규칙은 지켜야지. 그래야 집에서 모두 평화롭게 지낼 수 있지."

경비가 측은히 소녀를 바라보았다. 가시 돋았던 말투가 어느

새 서릿발에 눈 녹듯 누그러졌다.

"다신 여기서 얼쩡거리지 마. 다음엔 못 봐줘."

충고 직후 그는 냉큼 돌아서 가 버렸다. 헬리콥터가 떠나면 경비들이 뒤처리할 일이 많았다.

헤이는 숙소로 돌아가는 척 몇 걸음을 미적미적 떼다가 금방 발을 멈췄다. 전기 울타리는 아직 잠잠했다. 허리를 홱 틀어 다급히 펜스 쪽으로 다가갔다. 긴팔원숭이처럼 팔을 뻗으며 맨 아래 펜스를 딛고 올라섰다.

"집 좋아하시네, 메롱!"

멀어진 경비 쪽으로 혀를 날름날름 내밀었다. 바지 주머니에서 풍선껌을 꺼내어 씹었다. 살굿빛 풍선껌이 한없이 부풀어 오르더니 별안간 툭 터졌다.

뽀오옥!

헤이는 콧잔등을 성난 오랑우탄처럼 우그렸다. 혀를 살살 말아 조각난 풍선껌의 잔해를 최대한 어금니 안쪽으로 그러모았다. 뭉쳐진 껌 덩어리를 빠득빠득 질겅거렸다.

턱을 한껏 젖혔다. 하늘이 온통 연초록빛으로 멍들었다. 100미터 앞 화장터 굴뚝에서 초록빛 연기가 몽글몽글 피어오르고 있었다. 어떤 연기는 코브라 뱀처럼 느릿느릿 화장터 굴뚝을 타고 나와 위로 번지고, 또 어떤 연기는 거대한 독버섯처럼 굴뚝 주둥이에서 아롱아롱 자라나고 있었다.

"아앗."

한 발이 주르륵 미끄러졌다. 헤이는 버둥대다 가까스로 균형을 되찾았다. 후덥지근한 바람이 단발 머리카락을 흐트러뜨렸다. 5월 초순. 여름이 성큼 다가오고 있었다.

헤이는 울타리를 야속하다는 듯 째려봤다. 이 은빛 울타리는 화장터와 이재민들의 생활공간을 가르는 경계선이다. 고로, 아직 숨이 붙은 자는 이 울타리를 넘을 자격이 없다. 오직 방독면을 뒤집어쓴 화장터 관리인들만 삶과 죽음의 경계를 넘나들 수 있었다.

현재 헤이가 사는 곳은 13홈. 이곳에서는 대략 일주일에 한 번 꼴로 사람이 죽어 나갔다. 즉, 빨간 헬리콥터가 식료품을 실어 오는 횟수에 반비례해 생명이 꺼지는 거다. 홈에서 죽은 사람은 너나 할 것 없이 화장터로 실려 가 희뿌연 연기로 화한다. 인간의 껍데기를 벗고 기체가 되어야만 이놈의 홈을 자유로이 벗어날 수 있다. 훨훨.

"죽고 싶어 환장했냐?"

어깨너머로 허스키한 음성이 날아들었다. 친구인 경민이었다.

헤이가 눈썹을 움찔 올렸다. 한 발을 사뿐히 옮겨 선심 쓰듯 곁을 내주었다.

"너도 올라와."

"싫어. 감전되잖아."

"아직 안 켜져."

헤이가 홈 입구에 설치된 대형 전광판을 가리켰다. 전광판이 거멓게 죽어 있었다. 펜스용 전기 스위치가 내려가면 전광판이 덩달아 꺼졌다. 관리자가 다시 전광판을 켜면 '띠링' 하고 부팅 알림이 울렸다. 이후 전광판이 완전히 초기 상태로 돌아가기까지 대략 1분 10초가 걸린다. 설사 전광판이 켜져도, 그 1분 10초 동안 울타리를 벗어나기만 하면 감전되지 않는다.

주의할 점은 빨간 헬리콥터의 움직임! 헬리콥터는 홈에 오래 머무르지 않는다. 정해진 지점에 착륙해 실어 온 짐을 내려놓자마자 다시 이륙한다. 행여 방심했다가는 큰일. 넋 놓고 있다가 전광판에 불 들어오는 순간을 놓칠 수 있다.

전기가 다시 켜지기까지 1분 10초, 그리고 울타리의 높이 3미터 10센티. 이것이 마의 숫자! 13홈을 나가려면 기억해야 한다. 반드시.

홈에서 누군가 이 숫자를 알려 준 적은 없다. 헤이는 수시로 전기 펜스 근처를 배회했고, 덕분에 그 규칙을 스스로 터득했다.

전기 울타리는 밤새 가동한다. 종종 불규칙하게 전기가 나갈 때가 있다. 그건 홈의 가동 전력이 모자라서란다. 하긴 홈에서는 모든 게 부족하다. 전기라고 풍족할 리 없다.

망설이던 경민이 캥거루처럼 껑충 울타리로 뛰어올랐다. 그런 중에도 매섭게 따져 물었다.

"나가고 싶어 난리인 주제에 왜 안 간다고 고집부려? 나랑 같이 나가자, 응?"

헤이는 씹던 껌을 볼 안으로 쑥 밀어 넣으며 울적하게 되물었다.

"글쎄다. 네 외갓집 정말 이 근처 맞아? 괜히 탈출했다 엉뚱한 곳이면 어쩌려고."

보건 당국은 원칙적으로 홈 주소를 공개하지 않는다. 게다가 13홈은 보안이 제일 삼엄하다. 피폭 피해가 가장 큰 이재민들의 종착지이기 때문이다. 헤이 또한 이곳으로 옮겨 오기 직전에 일방적으로 '이동'을 통보받았다. 13홈이 어느 지역인지조차 모른 채 들어왔다.

"쉿, 목소리 낮춰."

경민이 황급히 주변을 살폈다. 누군가 비밀 계획을 엿들을까. 개미 한 마리 없음을 확인하고서야 얘기를 이어갔다.

"은진 언니가 분명 은양산이라 했어. 언닌 은양산 토박이래. 아무리 당국서 우릴 눈 가리고 뺑뺑이 돌려 봤자지. 설마 자기 살던 동네를 못 알아보겠니."

은진 언니.

아이들과 친하게 지내던 스무 살 아가씨였다. 언니는 검붉은 쌍코피를 줄줄 흘리다가 지난달 갑자기 쓰러져 홈의 병동으로 실려 갔다.

그 며칠 뒤, 두 사람은 병원 로비에서 은진 언니와 마주쳤다. 언니는 팔에 링거를 꽂고, 나이롱환자처럼 걸어 다니고 있었다. 셋이 로비 의자에 앉아 잠시 폭풍 수다를 떨었다.

"나 암이라 카네. 술, 담배도 안 하는데 이 나이에 암이라니. 개 그 아이가. 요럴 줄 알았음 담배나 왕창⋯⋯. 근데 나만 억울한 게 아이더라. 여그 사람들 암은 기본이제. 몸에 오만 잡병 다 달고 산다 안 카나."

언니가 병동 환자들 상태에 관하여 조잘조잘 읊어 대었다.

"너거들 그 말라깽이 임산부 아줌마 알제? 그 아줌마 눈, 코, 입 없는 애를 낳았다더라. 깐 달걀같이! 애는 바로 꼴까닥 하고. 아줌마도 정신이 나갔다 카더라."

그 임산부 아줌마는 은진 언니보다 딱 일주일 일찍 병동으로 옮겨졌다. 그녀는 비실비실한 몸에 배만 올챙이처럼 볼록했었다.

"딴 아줌마는 똥꼬 없는 애를 낳았다 그라대. 불쌍치. 배에 똥이 쌓여서 죽는다 아이가!"

심심한 언니가 온갖 흉흉한 괴담을 쏟아 냈다.

"있잖나. 나도 간지러워 죽겠다."

아예 환자복을 까서 제 팔과 다리를 보여 주었다. 헤이는 경악을 금치 못했다. 피부에 하얀 반점이 수두룩. 언니는 연신 다리를 벅벅 긁어 대었다.

그날 밤 헤이는 눈, 코, 입 없는 아이가 쫓아오는 악몽을 꾸었다. 머리털 없는 달걀 머리 아이가 사지를 잡고 매달렸다. 헤이는 옴짝달싹 못 한 채로 비명을 내질렀지만 목소리가 나오지 않아 팔다리를 버둥대는 게 고작이었다. 겨우 깨어나서도 한참 소름이 끼쳤었다. 그리고 그것이 은진 언니와의 마지막이었다.

"언니가 착각했겠지. 시골 촌구석은 다 같아."

헤이는 부정적인 생각을 떨치지 못했다.

"맞대도. 그 언니 사투리, 우리 외할머니랑 판박이야. 여기서 신도시까지 멀지 않대. 신도시에 있는 우리 외갓집까지만 가면 탈출 성공! 거기 숨어 지내면서 집으로 돌아갈 방법을 찾자고."

경민이 입매를 야무지게 다물며 나름의 탈출 계획을 되새겼다.

홈은 이재민의 무단이탈을 불허한다. 이재민은 절대 혼자 홈을 나갈 수 없다. 홈을 나가려면 자신을 데려갈 가족의 동의 서류 제출과 신체검사 통과가 필수다. 이재민 대부분에게는 불가능한 조건. 애초에 가족과 연락이 닿았다면 짐짝 신세로 이리저리 치이다가 13홈까지 굴러들어 오지 않았을 테니.

"홈을 나가 봤자 뭐가 변하겠어. 엄한 데 헤매다가 쫄쫄 굶기밖에."

헤이가 입술을 모로 비틀었다. 친구의 계획이 무모하게만 느껴졌다.

"레알 다르지. 이 지긋지긋한 곳을 나가서 '컴백 홈' 하는 거라고. 난 죽기 전에 진짜 집에 갈 거야. 우리 엄마 만날 거라고!"

경민의 까만 눈동자가 열을 뿜으며 초롱초롱 빛났다. 홈을 떠나는 상상만으로 설레었다.

"말처럼 쉬울까. 샘들 얘기 들었지? 홈 밖은 허허벌판이래. 당장 먹을 물이랑 식량은 어떡해. 단체로 굶어 죽을 셈이니? 탈출은 자살 행위야."

헤이는 어른인 척 현실적인 면을 강조했다. 그럼에도 경민은 흔들리지 않았다. 황량한 벌판에 우뚝 선 굴뚝을 바라보았다. 아가리를 쩍 벌리고 연둣빛 가스를 흘려보내고 있는 굴뚝을.

"쯧쯧. 그치들 말 믿냐? 재해복구 끝나면 집으로 보내 준다, 한 게 언제냐. 아픈 애들 방치해 죽게 내버려 두는 건 또 뭐고. 처음부터 대책 따윈 없었어. 그냥 우리가 죽을 때까지 관리하기 쉽게 어장에 가둔 거지. 망할 피폭 등급 만들어 사람을 분리수거한 거라고. 우린, 그래, 저거랑 같아!"

경민이 가리킨 건 땅에 처량히 나뒹구는 플라스틱 페트병이었다. 헤이는 그저 혼란스러웠다. 집에 가고 싶지만 친구의 장담을 어디까지 믿어야 할지.

"그만 튕기고 적당히 넘어와라. 너 빼고 가려니 찝찝하잖아."

경민은 한숨을 푹 쉬더니 목덜미를 긁적거렸다. 까무잡잡하고 커다란 경민의 손이 헤이의 보드랍고 하얀 손과 극명한 대비를 이루었다.

"몰라."

헤이는 입속 풍선껌을 힘차게 질겅거렸다.

경민은 열일곱, 헤이는 열여섯. 생일이 빠른 헤이가 한 해 일찍 학교에 들어갔다. 그러니 정상적으로 학교에 다녔다면 둘 다 고1. 둘은 13홈 여자 방에서 처음 만났다.

"나랑 밥 먹으러 가자. 혼밥 하기 싫어."

울적해 누워 있던 헤이에게 경민이 먼저 다가와 말을 걸었었다. 적극적인 경민의 기세에 이끌려 헤이는 자리를 털고 일어났다. 자연스레 둘은 매끼를 함께 먹는 단짝이자, 가족 같은 친구가 되었다.

"홈에서 몇 킬로만 가면 도시가 나와. 생각해 봐, 의사나 간호사랑 관리인들은 1년에 몇 번씩 나갔다 오잖아. 승용차 직접 몰고 다니는 거 봤지? 나가면 분명 사람 사는 동네가 있을 거야. 차 타고 왔다 갔다 할 거리에!"

난감한 헤이가 갸우뚱 고개를 기울였다.

"하! 전부 그 지랄 맞은 그것 때문이야. 이왕 만들 거 안 터지게 좀 잘 만들든가, 그치? 싸구려 수류탄도 아닌데."

경민이 입술을 뾰로통 내밀었다.

이번엔 헤이도 턱을 *끄덕끄덕*했다. 경민이 말한 '지랄 맞은 그것'은 바로 '원자력발전소'였다.

* * *

약 1년 반 전.

그해 갓 새로 지은 동영시의 신(新)원전, 즉 동영 최첨단 원자력발전소와 율산 원자력발전소, 다른 소규모 발전소 몇 개가 동시다발로 폭발해 버렸다.

공식상 원전 사고의 원인은 명백한 인재이자 테러로 밝혀졌다. 불특정한 해커 단체가 작정하고 한꺼번에 대한민국의 주요 정보 통신망 및 발전소 가동 시스템을 뚫고 오작동을 일으켰단다. 방어벽이 뚫린 곳들은 즉시 대혼란에 빠졌다. 그중 동영 신원전과 율산 원전이 극도로 피해가 컸다. 시스템이 완전히 다운되어 증기 폭발이 일어나고, 곧이어 원자로의 중심부인 노심이 파괴되어 연쇄적으로 폭발하고 말았다.

해커의 정체가 반정부 테러리스트인지, 북한 소행인지, 아니면 대한민국의 종말을 갈망하는 광인 집단인지, 뭐 하나 정확히 알려진 바 없었다. 누가 저질렀든 닥친 결과는 어마어마했다. 사람들은 충격으로 우왕좌왕하고 세상이 송두리째 뒤엎어졌다.

우리 대한민국은 위대합니다.
극악무도한 집단의 테러에
이대로 무너지지 않을 것입니다!

정부는 방송으로 테러에 맞서 싸우겠다는 공염불만 반복해 댔다. 핵연료, 지르코늄, 수소 기체, 냉각 펌프……

쏟아지는 난해한 용어가 말풍선이 되어 헤이의 정수리 위로 뱅글뱅글 겉돌았다. 이해하려 애쓸수록 더 혼란스러워졌다. 자고 일어나 보니 지도 없이 낯선 땅에 던져진 느낌이랄까.

다만, 몇 가지는 분명했다. 당연한 듯 반복되던 일상이 잘못 떨어뜨린 유리잔처럼 산산이 부서져 버렸다는 것. 부서진 조각을 아무리 이어 붙인들 원래 모양으로는 절대 돌아가지 않을 거라는 것도.

예고 없이 대한민국이 뒤집히던 그 시각, 헤이는 아침 등굣길이었다. 쾅 울리는 굉음과 진동에 놀라 쓰러졌다. 기절했다 한참 만에 깨어나니 임시 대피소에 누워 있었고.

그날 이후로 줄곧 혼자였다. 갑작스레 TV 채널이 바뀐 듯 삶이 뚝 단절되었다. 시설에서 실종자 신고를 여러 차례 했음에도 불구하고 가족과 연락이 닿지 않았다.

우리 집은? 부모님은? 집엔 돌아갈 수 없는 건가? 영영? 하지만 왜? 내가 왜? 헤이는 망연자실하였다.

폐허가 된 동영시의 거리 모습이 헤이가 머물던 대피소의 대형 스크린을 매일 장악했다. 때때로 헤이는 앞니로 아랫입술을 꽉 물고 스크린을 흘겨보았다. 그 광경을 보며 탄식하는 일조차 거부감 들어서, 마치 보이지 않는 거대한 힘에 의해 자신과 상관없는 악몽을 꾸도록 강요당하는 듯했다.

스크린에 뜬 풍경은 공포영화보다 더 처참했다. 무엇보다 동영의 해상공원이 흉물스럽게 붕괴한 모습은 충격 그 자체! 서울에서 태어나 쭉 살던 헤이는 아버지가 이직하면서 온 가족이 동영으로 이사 왔다. 헤이는 동영이 참 좋았다. 마음 내키면 달려갈 수 있는 바다가 있기에.

헤이 가족은 해상공원에 자주 다녔다. 특히 공원의 음악 분수 쇼가 최고였다. 신나는 음악과 화려한 조명, 시원한 물줄기, 그리고 병풍처럼 둘러쳐진 아름다운 바다 풍경의 앙상블. 분수 쇼가 시작되면 넋을 놓곤 했다. 그러면 남동생 헤준이 환호성을 꽥꽥 지르며 누나의 발치를 맴돌았다. 엄마는 헤준의 뒤꽁무니를 쫓느라 바쁘고, 아빠는 묵직한 DSLR 카메라를 꺼내어 찍어 대었다. 찰칵찰칵.

음악 분수 쇼. 또 볼 수 있을까? 기약 없는 재난 생활의 연속. 이제 헤이가 언제든 달려가 볼 수 있는 풍경은 화장터 굴뚝과 하늘 가득 메운 연둣빛 연기뿐이다. 깨끗한 푸른 하늘은 숨어 버렸다. 하늘은 시든 풀빛으로 바랬다.

지금 집 대신 헤이가 사는 이곳은 홈.

홈은 이재민용 거주 시설이자 대피소. 대피소라는 어감이 부정적이었는지 국가에서 바꿔치기한 명칭이 빅 홈(Big Home). 그걸 줄여 흔히들 홈이라 불렀다.

빅 홈, 셸터(Shelter), 피난소, 대피소, 벙커.

부르는 표현이 뭐든 간에 달라지지 않았다. 하물며 끈끈한 가족애를 연상시키는 '홈'을 이름에 갖다 붙여 봤자 추운 닭장이 따뜻한 스위트 홈으로 바뀌진 않는다. 빅 홈은 집과는 딴판으로 참혹하니까.

병든 이재민은 매일 고통에 시달리며 처진 몸을 비틀어 댔다. 그나마 몸이 성한 사람은 정부와 재해대책본부에 불만을 토로했다. 홈에선 끊임없이 사람이 죽어 나갔다. 그 죽음은 도돌이표가 되어 남은 생존자의 목을 죄었다. 홈은 우울과 절망으로 가득했다.

원전 폭발 후로 벌써 1년 반이 흘렀다. 이제껏 헤이는 대피소를 세 번 옮겼다. 13홈으로 이동해 온 건, 석 달 전이었다.

대체 이 나라에 무슨 일이 벌어지고 있나, 가족과 왜 연락이 되지 않나, 내가 왜 홈을 전전해야 하나. 누구도 설명해 주지 않았다. *왜 자꾸 날 돌리는 거지? 내가 시한폭탄인가? 설마, 지난 피폭 검사에서 5등급을 받아서?*

13홈으로 배정된 건 심히 불길한 징조였다. 이주 과정조차 상당히 짜증스러웠다.

"빨리빨리 움직여."

헤이는 경비의 엄포에 도살장으로 끌려가는 개처럼 커다란 트럭에 올라탔었다.

"언제 집에 갈 수 있죠?"

절박하게 헤이가 물으니 홈의 의사가 무표정하게 답했다.

"동영뿐만 아니야. 죄다 초토화되었어. 그나마 멀쩡한 서울이랑 제주도 빼곤 엉망진창이야. 애야, 주위를 보렴. 너만 힘든 거 아냐. 다들 힘들어. 이 악물고 어떻게든 이 지옥을 견뎌 내고 있잖니."

그는 소녀에게 끝없는 인내심을 강요하였다.

"도시가 복구되면 돌아갈 거야. 집 가까운 데로 보내 줄 거야. 그때까진 참아."

의사의 말과는 정반대로 헤이는 집에서 차츰차츰 멀어지는 느낌이었다. 그나마 유일한 위안은, 13홈이 넓고 하늘이 탁 트였다는 점이다. 직전까지 머물던 9홈은 좁은 연구소 부지에 급조되어 참으로 열악했다. 이재민이 버글버글 뭉쳐 있고, 남녀노소 영역 구분조차 없었다. 당연히 이재민 간에 자리다툼이 잦았다. 힘없는 여자와 아이는 항상 약자. 애써 잡은 잠자리를 뺏기면 헤이는 몸을 웅크린 채 구석에서 새우잠을 자곤 했다.

그에 비해 13홈 시설은 만족스럽다. 적어도 남녀 숙소가 분리되어 있고, 할당된 침대가 있다. 침대라고 해 봤자 두 번 뒤척이면 툭 떨어져 버리는 좁은 매트지만.

무엇보다 경민이 있다. 둘은 24시간 붙어 다닌다. 침대도 나란히 쓴다. 다들 둘을 짝지어 다니는 젓가락 한 쌍으로 여긴다.

"딴 홈보단 여기가 낫지 않아?"

슬그머니 헤이가 경민을 떠봤다.

"이 답답아……. 나 있던 7홈은 13홈을 공동묘지, 쓰레기 처리장이라 불렀어. 들어가면 못 나오니까. 여기로 보내진 순간 우린 다이! 인생 쫑난 거야. 집에 보내 주긴 개뿔. 우린 제 발로 무덤에 걸어 들어온 거지."

경민이 침을 튀기며 열변을 토했다.

경민이 입술 선이 진해. 립글로스 바르면 예쁠 텐데. 아까워. 좀 꾸미지. 헤이는 친구의 도톰한 아랫입술에 눈길을 주었다.

더부룩한 짧은 머리에 허스키한 목소리의 경민. 집은 상청으로 초등학교 때부터 육상선수였다. 키와 골격이 남다른 데다 행동이 거칠었다. 강한 겉모습과 목소리 탓에 툭하면 남자라는 오해를 받았다. 어쨌거나 경민은 엄연히 헤이와 똑같이 XX 염색체를 지닌 소녀다.

경민은 작년 말쯤 13홈으로 옮겨 왔고, 이곳 생활에 빠삭했다. 즉, 13홈 이재민이 시름시름 앓다 죽고, 또 화장터로 실려 가는 모습을 숱하게 목격했다. 홈 생활에 염증을 느낀 경민은 작심하고 탈출을 준비 중이었다. 비밀리에 믿음직한 아이에게 접근해 탈출을 설득하고 다녔다. 물론 헤이에게도 같이 나가자며 졸라 댔다.

실과 바늘처럼 붙어 다니는 경민이 없어진다니. 경민 없는 외톨이 생활은 상상하기 끔찍했다. 그렇다고 덜컥 홈을 탈출하는 것도 꺼림칙했다.

"잘 생각해. 13홈을 살아서 나갈 사람은 없어. 단 한 명도! 여긴 쓰레기통이고, 우린 쓰레기통에 버려진 거야."

경민이 검지를 척 들었다.

"심하다."

헤이의 미간이 일그러졌다.

"심하긴. 너나 나나 분리수거된 알루미늄 캔이나 플라스틱 꼴이라니깐. 하여간 소각장 들어가기 전엔 기필코 나갈 거야. 죽더라도 밖에서 맘껏 뛰어다니다 죽을 거다!"

경민이 울분에 휩싸여 앞니로 입술을 와작와작 깨물었다. 그 바람에 어여쁜 입술이 사람 손가락에 눌린 애벌레처럼 찌그러졌다.

경민인 너무 이상적이야. 헤이는 저도 모르게 친구 따라 입술을 깨물었다.

"돌아간들, 집이 남아 있겠니? 부모님 연락을 기다리는 편이 빠를 것 같은데."

헤이는 계속 최악의 시나리오를 들먹였다. 홀로 남게 될 본인을 위한 변명이랄까.

"가만히 있다간 집에 못 가. 난 무조건 간다! 죽더라도 킹콩 아파트 근처에서 죽을래. 거참, 내 촉 좀 믿어 보라니깐!"

울컥한 경민이 주먹으로 제 가슴팍을 퉁퉁 쳤다.

킹콩 아파트. 경민이 사는 아파트를 사람들은 그렇게 불렀다. 산 턱밑에 세워진 널따란 한 동짜리 아파트로 진갈색 페인트칠과 멀리서 보는 실루엣이 얼핏 킹콩을 닮았다는 이유로. 경민은 그 별명을 무척 좋아했다. 경민은 엄마랑 둘이 살았는데 사이가 여간 애틋하지 않았다. 딸이 외출하거나 돌아올 적마다 엄마는 베란다에 서서 손을 흔들어 주었다. 늘 웃는 얼굴로. 때로는 동네 떠나가라 딸 이름을 부르곤 했다.

"창피해. 내가 애야? 베란다에 그만 나와, 엄마!"

"뭐가 어때. 잘 배웅해 줘야 다시 돌아오지. 또, 이름 부르며 맞아 줄 사람이 있어야…… 네가 신나서 집에 들어오지."

딸을 기쁘게 보내고 맞아 주는 게 엄마만의 따뜻한 철칙이었다. 가끔 경민은 엄마를 킹콩 영화에 나오는 주인공 앤이라 놀려 댔다. 킹콩 아파트에 사는 아줌마 앤이라고.

"어떻게든 빨리 가야 해. 엄마가 계속…… 베란다에서 기다릴 텐데."

베란다에서 손을 흔들던 엄마 모습이 떠오른 경민의 눈시울이 어느새 핑크빛으로 물들었다.

띠리링! 별안간 전광판이 켜졌다.

"단순해서 좋겠다. 이 아메바야."

헤이가 어깨를 으쓱하고서는 울타리에서 폴짝 뛰어내렸다. 엉덩이를 샐쭉샐쭉 흔들며 걸어가는 헤이를 경민이 눈을 똥그랗게 치켜뜨고 따라왔다.

"지금 나 까는 거? 단순한 게 뭐가 좋냐."

"넌 씩씩하잖아. 난 유리 멘털인데. 넌 멘털이 갑이라 왕 부럽다고."

헤이가 새침한 미소를 흘렸다. 경민이 부럽다는 말은 진심이었다. 쫓아온 경민이 헤이의 목을 와락 끌어안았다. 까무잡잡하고 단단한 팔로 친구 목을 보아 뱀처럼 칭칭 감았다.

"그래, 이 계집애야. 죽는다 생각하니까 눈에 뵈는 게 없다. 비싸게 굴지 말고 약속해라. 나랑 나가는 거다?"

경민이 불도그처럼 으르렁거렸다.

"포기해. 난 절대 안……."

헤이의 입술 밖으로 말이 뭉개져 나왔다. 두 뺨이 불타는 고구마처럼 새빨개졌다. 경민의 팔뚝에 숨이 막혔다.

"우리끼리 뭉쳐야지. 이유 불문. 같이 가는 거다. 배신 때리지 마!"

장난치듯 경민이 더욱 팔에 힘을 몰자 현기증이 일었다. 체념한 헤이가 목에 힘을 뺐다. 차라리 친구 팔에 머리를 기대자 싶어 그대로 고개를 홱 젖혔다. 투명한 망막 안으로 초록빛 하늘이 위협적으로 쏟아져 들어왔다.

"졸라 적응 안 되네. 하늘이 파래야지. 왜 녹색이래."

경민도 코끝을 들어 하늘을 흘려 보았다. 헤이와 똑같이 불안한 시선으로.

"방사능 줄이려고 바이오 어쩌고 약품을 넣었다더니. 그딴 걸로 오염된 공기가 정화되겠냐. 실은…… 독가스 아닐까. 왜 있잖아. 벌레 죽이려고 뿌리는 살충제."

더욱 냉소적으로 쏘아붙였다. 헤이가 동의하며 턱을 까딱했다.

최근 보건 당국에서 피폭된 땅을 정화한다며 새로운 '그린바이오' 약품을 대량 살포하고 있다. 하다못해 홈의 벽과 로고 하나까지 온통 초록 물결이었다. 연구소에서 개발한 정화제라고 대대적으로 선전하고 있으나 그 효과가 의심스러웠다. *녹색만 들어가면 건강해진다? 세뇌하려는 걸까.* 그 바람에 하늘이 거인이 탄 녹차 우린 물처럼 변했다. 생기를 잃어 버렸다.

"헬리콥터가 뭘 주고 갔을까. 오늘 메뉴는 괜찮겠어. 어……잠깐만."

주절대던 경민이 헤이 목에 두른 팔을 급히 풀었고 은회색 손목시계에 시선을 내리꽂았다.

"또 늦었다. 내 밥!"

경민이 득달같이 달려 나갔다. 헤이의 몸도 동시에 앞으로 쏠렸다. 경민이 헤이의 손을 콱 그러잡았다.

"느림보. 빨리 와라."

경민은 긴 다리로 경중경중 내달렸다. 이미 머릿속엔 오로지 점심 배식뿐. 걸음 느린 헤이를 끌듯이 데려갔다. 강제로 잡아당겨진 헤이도 어쩔 수 없이 전속력으로 달려야 했다.

"핵지각이야. 까딱하다 굶는다."

뛰면서 경민이 종알종알 친구를 다그쳤다. 괜스레 미안해진 헤이가 반달 눈웃음을 지어 보였다. 한참 화장터 굴뚝에 심취해 우울했건만 슬픔은 싹 자취를 감추고 밥을 먹겠다며 식당으로 미친 듯 뛰어가다니. 이중적인 자신들이 우스우면서도 신기했다. 경민의 호방한 웃음과 가벼운 손짓 한 번이면 콧속까지 침범한 죽음의 향취가 피시식 증발하는 게. 경민은 헤이에게 만병통치약이었다. 경민만 있으면 손가락 끝까지 온기가 돌았다. 팔팔하게 살아 있다는 느낌이 들었다.

*몰라? 이젠 네가 내 가족이야. 너 가면 난 또 혼자야. 가지 마,
제발!*

상실감이 급류처럼 몰아닥쳤다. 헤이는 스스로가 원망스러웠
다. 떠나지 말고 영원히 함께 있자고, 친구를 설득할 만한 말주
변조차 없는 자신이.

밥알이 풀풀 날아다녔다

"내 이럴 줄 알았지."

식당 입구에 도착하자마자 경민이 혀를 내둘렀다. 식당은 발 디딜 틈 없이 사람들로 가득했다. 이재민 배식 줄이 ㄱ자로 기다랗게 늘어섰다. 경민에 이어 헤이가 맨 꼴찌로 섰다.

"밥 모자라면 어쩌지?"

경민이 계속 입술을 실룩거리다가 돌연 반가운 표정으로 오른팔을 번쩍 들었다. 헤이 너머로 누군가에게 다정한 인사를 건넸다.

"안녕. 너도 늦었네?"

"으응."

대답을 웅얼거리는 소년, 무명이었다. 그는 경민의 인사에 수

줍게 눈을 내리깔고 쭈뼛쭈뼛 헤이의 뒤로 착 붙어 섰다.

"누나……"

무명이 헤이를 향해 히죽였다.

"헐. 나한테 또 누나래. 쟤 좀 말려 줘."

헤이가 넌더리를 냈다.

"무명이 원래 저런 거 모르냐? 여자는 죄다 누나고, 남자는 죄다 형이라 부르잖아. 네가 봐줘라."

경민이 배를 잡고 킬킬거렸다.

"듣기 싫어. 웬 누나. 기분 나빠!"

헤이가 눈을 세모꼴로 치켜 뜨며 무명을 윽박질렀다. 알아들었는지 어쨌는지. 무명은 헛바람이 일도록 머리통을 세차게 휘저었다.

"미쳐. 바보랑 뭔 대화."

체념한 헤이가 앵돌아섰다. 무명은 며칠 전 13홈으로 들어온 신입이다. 얼굴은 희멀끔하나 몸이 깡마르다. '해골' 외에도 '바보' '어눌이' '더듬이' 등등 아이들이 불쾌한 별명으로 놀렸다.

확실히 무명은 특별했다. 그는 두 다리 길이에 차이가 나서 오른쪽 다리를 절었다. 말과 행동이 지독히 어눌했다. 특히 사용하는 단어나 표현이 유치해 말하는 상황과 맥락이 전혀 안 맞았다.

"오늘 메뉴 뭐래?"

헤이는 무명을 본체만체하고 경민에게 물었다. 막바지에 선 터라 식당 입구 밖으로 몸이 반쯤 나왔다. 그 위치에서는 식판이 보이질 않았다.

"볶음······밥."

경민이 채 입술을 떼기 전, 얇고 떨리는 음성이 대답을 가로챘다. 놀랍게도 무명이었다.

"볶음밥?"

헤이가 못마땅한지 미간을 찌푸렸다. 그러자 무명이 이마를 아래로 툭 떨궜다. 턱 끝으로 아예 땅굴 파고 들어갈 기세로.

"으응. 맛있······."

무명은 얇은 입술로 꿍얼거렸다. *먼저 말 걸어 놓고 피하는 건 뭐야. 어디에 장단을 맞춰 줘야 하는지, 원.* 헤이의 눈매가 갈린 연필 촉처럼 날카로워졌다.

무명의 머리카락은 색소가 한 움큼 빠진 듯한 연갈색. 수채화 꽃잎처럼 흐렸다. 정수리가 가장 밝은 금색이고, 머리끝으로 갈수록 색이 진했다. 암만 예쁜 머리카락도 감지 않으면 빛을 잃는 법. 기름기 쩐 앞머리가 번들번들 내려와 좁은 이마에 칙칙한 커튼을 쳤다.

지저분하게. 좀 깎든가.

잔소리가 튀어나오려다 말고 헤이 목구멍에서 턱 걸렸다. 대신 무명에게서 한 발짝 떨어졌다. 헤이는 철저히 이기적이기로 했다. 자기 몸 하나 건사하기 힘든 나날들. 남을 챙기는 건 부담스럽다.

"그럼, 그럼. 볶음밥이 짱이지."

경민이 대뜸 끼어들며 무명의 편을 들었다. 대부분 무명을 철저히 무시했다. 오직 경민만 그에게 친절히 대해 줬다. *불쌍한 애니까 챙기겠다? 오지랖은 경민이 네가 왕이다. 우린 뭐 불쌍한 애가 아닌 줄 알아?* 헤이가 뱁새눈으로 경민을 곁눈질했다. 원체 성격이 대찬 경민은 주변과 두루두루 지냈다. 공부를 잘하고 못하고는 상관없는 재난 상황에서 정말로 필요한 능력이란 최대한 적을 만들지 않는, 아니, 적마저도 내 편으로 만들 수 있는 능력일지 몰랐다. 또래 중 그런 태평양 같은 융통성과 친화력을 갖춘 능력자로는 경민이 단연 으뜸이었다.

오히려 그 점이 마땅찮은 헤이였다. 경민에게는 친구가 많았다. 헤이가 유일한 친구가 아닌 거다. 반면 헤이의 인간관계는 빗줄기처럼 가늘었다. 뭐, 딴 사람이야 상관없었다. 경민만 곁에 있다면 충분했다. 그때였다.

"꺄아악!"

저만치 앞줄의 소녀가 비명을 지르며 고꾸라졌다. 바로 뒤의 칠십 대 노인이 밀치며 새치기를 한 탓이었다.

"어흐흠."

노인은 쓰러진 소녀를 일으켜 세워 주기는커녕, 재빨리 한 발을 앞으로 치고 섰다. 헤이와 경민이 짜증 섞인 표정으로 그쪽을 주시했다. 넘어진 소녀는 보영이었다.

"할아버지, 내가 먼저예요. 줄 똑바로 서요!"

보영이 발딱 일어섰다. 질끈 하나로 묶은 머리 꼬랑지가 말총처럼 달랑거렸다. 덩달아 한 아이가 노인 앞을 떡하니 막아섰다. 그 또한 경민의 친구인 진혁. 진혁은 다부진 체격에 안경을 썼다.

"새치기잖아요. 순서 지키세요!"

그는 안경 코를 밀어 올리며 따끔히 노인을 타일렀다.

"새파랗게 어린 것들이 감히 훈계야, 훈계는! 누가 새치기했다 그러누. 저것이 지 발에 꼬여 넘어진걸."

"뒤에 보는 눈 많아요. 우기지 말고 어서 자리로 가는 게 나을 텐데요, 할아버지."

진혁이 점잖게 손을 들어 뒤편을 가리켰다. 노인의 시선이 가리킨 손가락을 따라갔다. 노인의 입매가 와락 일그러졌다. 그는 뒷짐을 지고 슬그머니 보영 뒤로 되돌아갔다. 주변 눈초리가 독화살처럼 따가웠다. 특히나 뒷줄 아저씨들 시선이 험악했다. 노인이 헛기침하며 물러섰다. 모난 시선을 요리조리 피해 가면서.

"진혁이 녀석. 샌님인 줄 알았더니 제법이야. 감동!"

경민이 유쾌한 콧소리를 내었다. 이런 소소한 소동쯤, 홈에선 하루에 몇 차례씩 일어났다. 비단 음식 때문만이 아니다. 수건, 양말 등 생활필수품을 할당받거나, 공동욕실에서 샤워할 때도 엇비슷한 상황이 반복됐다. 항상 무언의 자리다툼이 홈의 공식처럼 따라붙었다. 생필품이 이재민 수에 한참 모자라니까.

간발의 차로 배식이 일찍 끊기는 일도 비일비재했다. 당연히, 식사 시간이 가장 치열했다. 아침 겸 점심과 저녁. 홈의 하루는 두 끼가 기본. 그나마 한 끼는 식어 빠진 도시락이고, 나머지 한 끼는 뜨뜻미지근한 밥과 국을 배분해 준다. 홈은 따로 배치된 영양사가 없다. 조리사들이 단순히 얼린 냉동 볶음밥과 국 등을 데워 주는 식. 미리 조리된 음식을 데워 주면 개중 괜찮은 날이고, 간혹 종일 빵과 우유만 제공되는 날도 있다. 배급 식량이 모자라니 늦게 온 이재민이 굶는 상황이 종종 발생한다. 그러면 다음 식사 때 제일 먼저 배식을 받을 순 있지만 어쨌든 한 끼는 굶게 된다.

오늘은 다행히 음식량이 얼추 맞아떨어졌다. 마지막인 헤이와 무명의 식판에 밥풀이 덕지덕지 묻어 있었다. 조리사가 주걱으로 밑바닥에 누른 밥알까지 닥닥 긁어서 퍼 준 듯했다.

"뜨끈한 국물은 언제쯤 먹어 보려나."

보영이 냉기 서린 된장국을 숟가락으로 휘휘 저었다. 헤이는 두말없이 숟가락을 놀렸다. 식판에는 모양이 길쭉하고 찰기도 부족한 수입 쌀에 마른 야채 건더기가 희끗희끗 섞인 볶음밥과 몇 모금 안 되는 부연 된장국이 전부.

"맛있는데?"

헤이는 넉살 좋게 음식을 씹었다. *마른 빵보단 낫지.* 촉촉한 밥에 만족했다. 어느새 불편함, 불결함, 그리고 차가운 밥에 익숙해졌다. 그 어떤 악조건에서도 인간은 적응한다는 명제를 몸소 실천하는 중이랄까.

옆자리 호철이 일회용 숟가락으로 볶음밥을 뒤적댔다. 그가 손목에 스냅을 세게 줄 적마다 풀풀, 흰 밥알들이 죽어 버쩍버쩍

마른 벌레 껍데기처럼 흩날렸다.

"밥은 해동시킨 거고, 국은 물에 수프 분말 푼 거네. 지난주는 통조림 음식만 주더니. 이번 주는 내리 레토르트야. 이렇게 부실하니 내가 병이 안 나고 배기겠냐? 키도 안 커. 홈에 있다간 쪼그라들겠어."

호철은 제 나이 평균 키지만, 자라지 않는다며 입버릇처럼 툴툴거렸다. 그의 불만은 이해가 됐다. 어제는 냉동 햄버거와 캔 에 든 강낭콩 약간이 전부였다.

"무조건 먹어 둬. 힘을 비축해야지."

경민이 충고하고선 볼이 미어터지게 밥을 밀어 넣었다.

"군소리 마. 정 먹기 싫음 나한테 버리든가."

진혁도 호철에게 냉랭히 어깃장을 놓으며 매번 음식 타령하는 친구를 받아 주지 않았다. 호철은 여러모로 피곤한 성격이다. 땅 부자인 아버지 밑에서 응석받이로 곱게 자랐다나 뭐라나. 저는 어릴 적부터 갖고 싶은 건 다 가지며 살았다고 자랑하곤 했다.

"누가 너 준대?"

발끈한 호철이 숟가락으로 밥을 담뿍 퍼 입으로 쓸어 넣었다. 정말로 오냐오냐 자랐는지 모르지만, 유독 행색이 후줄근하고 청결하지 못했다. 옷을 빨아 입거나 몸을 씻는 일에 게을렀다. 상고머리가 되는 대로 자라 고슴도치처럼 삐죽삐죽했다. 손톱 에 때가 줄줄이 끼어 숫제 까만 선이 생겼다. 심심하면 그 더러운 손톱을 깨무는 버릇까지 있었다.

"큰누나…… 보고 싶다. 큰누나가 날 끔찍이 챙겨 줬지. 작은 누나랑은 눈만 마주쳐도 헐뜯고 싸웠고."

불현듯 호철이 가족 얘길 반찬처럼 입에 올렸다. 헤이는 나무 젓가락을 든 채 멍해졌다. 친구의 푸념에 뜬금없이 남동생 혜준이 떠올랐다. 스테인리스 식판에 둥그렇게 얼룩진 국물. 그 국물 자국이 점점 커지면서 동글동글한 아이 얼굴로 변해 갔다.

원전 사고가 일어나던 날 혜준인 고작해야 여섯 살.

어린아이 혼자 홈에서 살아갈 수 있을까? 혜준이는 어려서 호철이보다 백배는 더 힘들겠지? 헤이는 남동생을 생각하면 한없이 착잡해졌다.

"누나, 누나!"

꿈에서 혜준은 늘 흐느껴 울었다. 울다 지치면 부모님 시신에 엎드려 원망에 찌든 눈빛으로 누나를 흘겨보고.

심장을 가리가리 찢는 가혹한 꿈. 가까스로 악몽에서 깨어나면 헤이의 눈가에 물이 찰랑찰랑 맺혔다. 대피소 생활이 길어질수록 동생이 더욱 눈에 밟혔다. 헤이 본인은 여태 살아남아 목숨 부지하고 일상생활을 해 나가지만 어린 동생은 어쩌고 있을지. 넝마가 된 원복을 입고 길거리를 헤매는 아이 모습이라니. 상상하기 차마 괴로웠다. *밥은 먹을까, 씻기는 할까. 똥 누면 엄마나 내가 엉덩이 닦아 줬었는데. 이 마당에…… 누가 모르는 애를 알뜰살뜰 챙겨 주려나?* 헤이는 침울해졌다.

살아 있다면 헤준은 이제 여덟 살. 아직 어린애에 불과해 보살핌이 절실하다. 당시에 헤준도 홀로 떨어져 버렸다. 적극적으로 가족을 찾은 헤이조차 아직 부모님을 만나지 못했으니 혹여 헤준이 부모님과 상봉했을 가능성이란 희박했다.

울부짖는 남동생 얼굴이 헤이의 심장을 무겁게 짓눌렀다. 비록 꿈에라도 헤준이 웃는 걸 보고 싶었다. 그러나 꿈조차 주인을 배반하였다. 매일의 악몽은 단순한 개꿈이 아니었다. 비참한 현실과 얼기설기 교묘히 이어진, 결코 벗어날 수 없는 잔인한 뫼비우스의 띠였다.

* * *

헤이는 끼니를 때운 후 식당 밖에서 어슬렁어슬렁 배회했다. 입구에 대형 게시판이 있고, 그 게시판에는 실종 가족을 찾는 메모들이 빽빽이 붙어 있었다. 어느 홈이든 엇비슷한 실종자 게시판이 비치되어 있었다. 홈에 들어온 신입은 실종자 게시판에서 가족의 흔적부터 찾는 게 통과의례다.

이재민은 첫 홈에서 기본 신상을 등록하고, 헤어진 가족 찾기 및 실종자 신고를 마쳤다. 그러나 당시 중앙 컴퓨터가 해킹당하고 통신 기지국까지 망가져 주민 데이터가 상당량 유실되었다. 정부가 복구에 힘쓰고 있으나 역부족. 여태 재난으로 희생당한 사상자 수와 신상조차 정확히 파악하지 못한 상태였다.

따라서 정부는 전 국민을 대상으로 인적 사항을 새로이 파악하기 시작하였다. 관련 공무원들이 이재민이 직접 손으로 쓴 가족 확인서를 모아서 유실된 데이터를 보충하는 중이었다. 그러니 자주 혼선이 빚어졌다. 주민등록번호가 바뀌거나 중복되는 경우도 부지기수. 가족 찾기가 별 따기에 가까웠다. 가족이 한 홈에 머무는지도 모르고 있다가 극적으로 만난 일도 있었다. 그건 그나마 운이 무척 좋은 경우고.

헤이 가족은 깜깜무소식. 헤이는 게시판에 부모님과 남동생 이름, 인상착의와 주소 등을 기록한 메모와 사진을 붙여 놓고 열심히 들렀다. 누군가 이들을 봤다는 얘길 해 주길, 또 혹시 재난 이산가족협회에서 작은 소식이라도 듣길 기다리며 게시판을 얼쩡거렸다. 매일매일 기다렸다. 그 외엔 달리 할 수 있는 일이 없었다.

"흠."

문득 어벙하게 사진을 응시했다. 그것은 지갑에 있던 유일한 가족사진. 재작년에 가족과 동물원 기린 우리 앞에서 찍은 사진이다. 사진의 아빠와 엄마는 중간에 선 헤준의 손을 나란히 잡고 섰다. 정작 헤이는 그 사진을 찍어 주느라 사진에서 빠졌다. 헤이가 손을 뻗어 삐뚤게 기울어진 사진을 바로잡았다.

프레임에서 빠진 건 헤이뿐만이 아니었다. 기린의 머리가 없었다. 사진의 중심점이 너무 낮아 기다란 기린의 몸뚱이가 애매하게 잘려 나갔다. 그게 왠지 웃겨서 지갑에 넣어 둔 게 유일무이한 가족사진으로 남아 버렸다. 헤이 본인만 빠진 가족사진이라니.

사진은 벌써 닳고 색이 날아갔다. 부모님이 이 사진을 못 알아볼까, 걱정될 만큼.

"내일 사진을 떼야겠어. 괜히 잃어버리면 큰일이야. 가족사진 달랑 이거 한 장뿐이거든."

헤이의 말에 보영이 고개를 주억거렸다. 그녀도 수시로 아빠 사진을 붙였다 떼어 내곤 했다.

"실종 가족 등록해 놨으니 언젠간 연락 오겠지. 분명 딴 홈에 계실 거야. 난 아빠만 찾음 되는데……."

흐릿해진 보영의 말끝에 슬픔이 절절히 묻어 나왔다. 함께 있던 보영은 가족이 대부분 사망하고, 아빠만 생사를 몰랐다. 다른 친구들은 헤이처럼 가족 전원이 실종된 경우가 많았다.

실종은 누구에게 쓰는 말이지? 헤이의 눈에 물음표가 떴다. 도대체 누가 실종되었으며, 또 누가 실종자를 찾고 있는가. 실제로 세상에서 실종된 사람은 그들 자신일지 모른다. 사진에서 뚝 잘려 나간 기린 머리처럼 어딘가에 존재하나 프레임 밖이라 보이지 않을 뿐. 고로, 가족에게서 자신만 뚝 떨어져 나왔을 수 있다. 또는 가족 덩어리가 깨지고 구성원이 죄다 개개의 섬으로 분리되어 서로 다른 공간을 헤매고 있을 수 있다. 어느 쪽이든. 가족 해체는 끔찍하고 암담하다.

"넌 붙일 것 없니? 온 지 며칠 됐잖아."

보영이 무미건조하게 무명에게 물었다.

"놔둬. 무명인 찾을 사람 없어."

무명이 대신 경민이 대꾸하였다.

"가족이 쫄딱 돌아가셨어? 하다못해 할머니나 사촌, 있을 거 아냐."

뜨끔한 보영이 무명의 눈치를 살폈다.

"헤헤, 누나……."

시선을 느낀 무명이 헤벌쭉 웃었다. 비극적인 대화와는 동떨어진 해맑은 웃음. 그 웃음에 오히려 보영이 머쓱해졌다.

"자세한 건 몰라. 아무튼 무명이 쟤 우리랑 달라. 특수…… 상황이래."

"특수 상황?"

"가족이고 뭐고 기억에 없대. 제 나이도 정확히 모르니 뭐. 아, 1홈에서 꽤 오래 살았다나 봐."

경민이 무명의 과거를 좔좔 읊어 내려갔다. 마치 그의 대변인인 듯.

"1홈? 진짜야?"

모두 눈이 휘둥그레졌다. 1홈은 동영 신원자력발전소에서 가장 가까운 피난소였다. 1홈은 주로 거동이 힘들 만큼 장애가 심하거나, 의식을 잃거나, 연고지가 불분명한 이재민들이 머물렀다.

지금은 발전소에서 반경 30킬로미터까지 출입제한구역이 되었다. 그 바람에 1홈도 전격 폐쇄되었다. 1홈에 대한 소문은 하등 좋을 게 없었다. 잠시라도 거기서 머문 사람은 피부가 녹아내리

고, 아이는 원인 모를 희귀병에 걸리며, 임산부는 기형아를 출산
했다는 등 흉흉한 소문 일색이었다.

"무명아, 1홈이 그렇게 괴상한 곳이야?"

헤이가 직접 캐물었다. 순수한 호기심으로.

"모, 모라."

무명이 고개를 절레절레 저었다. 그러곤 또 입가에 미소를 방
실방실 머금었다. 웃는 얼굴이 세 살배기 아이처럼 천진난만했
다. 도리어 질문한 사람을 나쁘게 만들어 버리는 순진무구한 미
소였다.

"바보. 너 1홈 있었다는 거 구라지?"

헤이가 부러 뚱하게 빈정거렸다. 경민이 얼른 손사래를 치며
끼어들었다.

"그 얘기. 얘가 말한 거 아냐. 내가 지난번에 약 받으러 갔다가
의사 샘 말 주워들은 거야. 물어봤자 무명인 기억 못 해. 자기가
1홈 출신인지도 몰라."

"약을 타다니. 너 어디 아파?"

헤이가 화들짝했다. 경민이 최근에 약을 타러 간다는 말은 금
시초문이었다. 서로 사소한 일까지 미주알고주알 하는 사이건만.
경민은 머뭇머뭇하다가 변명처럼 읊조렸다.

"그냥 머리 아파서. 아스피린 받으러 갔었어."

"아스피린은 복도에 있잖아."

아스피린을 포함해 간단한 약품이 항시 숙소 복도에 마련되어

있었다.

"똑 떨어졌기에 받으러 갔지. 관리 아줌마가 종종 잊고 안 채워 놓잖아."

"흠. 두통은 이제 어때? 면역 더 떨어진 거 아냐?"

"괜찮으니까 호들갑 떨지 마. 우리 중에 잔병치레 안 하는 애 있니? 방사능으로 샤워했는데 멀쩡할 리 없잖아."

친구의 걱정 어린 질문을 경민은 장난스레 되받아쳤다. 늘 그랬듯 익살 가득한 표정으로.

"어?"

갑자기 헤이의 눈앞이 흐릿해졌다. 놀라서 손등으로 눈을 비비는데, 매캐한 향이 코를 막았다. 삽시간에 시야가 뿌옇게 변했다. 코앞의 경민과 무명이 증발했다. 사방을 에워싼 희뿌연 연기! 연기에서 희미하게 초록빛 광이 났다.

"그린가스잖아! 뿌리면 뿌린다, 미리 말 좀 해 주면 덧나나."

왼편에서 경민이 신랄히 소리쳤다.

홈은 보통 한 달에 네다섯 번쯤 소독제를 살포했다. 방사능으로 오염된 공기를 정화한다는 목적으로. 소독제의 효과는 탁월했다. 그걸 뿌리고 나면 곳곳에 죽은 벌레 떼가 수두룩이 쌓였다. 그린가스는 강한 햇살과 맞닿아 오묘한 녹색 광채를 발했다. 가스 냄새는 고약했다. 썩은 잎부터 생생한 잎까지 모조리 태우는 냄새였다. 사람 인내심을 자극하는 씁쓸한 냄새였다. *이 냄새를 좋아하는 사람은 한 명도 없어.* 헤이는 장담했다.

“헤이, 내게 붙어.”

경민이 팔을 헤이의 어깨에 에둘렀다. 헤이는 안도하며 그 팔에 머리를 기대었다. 경민의 팔은 딱딱하고 근육이 많았다. 심장이 몽글몽글해졌다. 자극적인 가스로 눈이 따갑고 아렸지만 뭐, 그래도 경민 곁이라면 견딜 만했다.

“거지 같은 냄새. 작작 뿌리라 그래!”

저만치 뒤에서 소년들 욕설이 들려왔다.

“홈은 그린가스뿐이지만, 비거주지역엔 그린밤(Bomb)을 떨어뜨린대. 졸라 독해! 그거 맞음 뇌가 버터처럼 녹아 버린다는대.”

“소독제겠지. 설마 핵폭탄이겠나?”

남자애 둘이서 입씨름하자, 나머지가 비웃음을 와그르르 터뜨렸다. 경민과 헤이는 잠자코 서로에게 기대어 있었다. 철딱서니 없는 소년들이랑 상대해 봐야 피곤했다.

“아아.”

무명이 기이한 신음을 내었다. 수상한 가스에 둘러싸여 앞에 있던 사람이 보이지 않자 어쩔 줄 모르는 낌새였다. 발소리가 둥당둥당. 상당히 가깝게 들렸지만 헤이는 그를 무시했다. 경민과 단둘이가 편해 그를 끼워 주고 싶지 않았다.

그린가스가 서서히 옅어졌다.

“이제 보여.”

헤이가 기껍게 턱을 들었다. 초록빛 구름 틈새로 해가 쨍하고 얼굴을 내밀길 바라면서. 그런데 이번엔 넓적한 얼굴이 나타나 태양을 가려 버렸다.

"계집애랑 노닥거리긴. 내가 밥 먹자마자 튀어 오라 했잖아!"

고함을 버럭 지르며 등장한 건, 바로 필광이었다. 그는 열여덟 살 소년으로, 성질 더러운 걸로 최고봉이었다. 온몸이 땅땅한 근육질에다 각진 사다리꼴 얼굴형에 이목구비가 몹시 사나운 인상이었다. 필광의 곁엔 언제나 소년 무리가 우글거렸고 경쟁하듯 거드름을 피워 댔다.

"히이익히이익!"

필광를 보자마자 무명이 놀란 개구리처럼 폴짝폴짝 뛰었다. 황급히 경민의 뒤꽁무니로 몸을 숨겼다. 무명은 안색이 파랗게 질려 발발 떨며 잔뜩 주눅 들었다. 무서운 주인 앞에서 꼬리를 내린 강아지같이. 그 나약한 꼴이 헤이의 심기를 건드렸다.

저벅저벅. 필광은 링 위의 복서처럼 드넓은 어깨를 씩씩대며 걸어왔다.

"잠깐. 무명이한테 뭔 볼일이야?"

경민이 필광의 길을 막아섰다. 약한 친구를 보호하려고 두 팔을 쫘악 펼쳐서 방어막을 쳤다.

"빨랑 못 나와?"

필광은 경민을 무시하고 무명에게 삿대질했다.

"겁내잖아. 뭔 일로 쟬 부르는 건지 먼저 얘기해 봐. 내가 무명이에게 친절히 전달해 줄게."

경민이 침착히 일렀다. 그 넉살이 필광에겐 먹히지 않았다.

“비켜.”

“무슨 일이냐니까?”

“비키라 했다!”

“이유 대기 전엔 못 비키지. 네버!”

경민이 목을 빳빳이 쳐들었다. 필광의 얼굴이 험상궂게 움찔거렸다. 나머지는 숨을 죽였다. 흥청대던 분위기가 싸하게 가라앉았다.

“이게 콱! 니가 무명이 엄마야? 여자가 왜 남자 일에 톡톡 끼어들고 지랄이야?”

필광이 큰 주먹을 치켜들었다. 당장 비키지 않으면 한 대 후려갈기겠다는 위협이었다. 대찬 경민은 눈썹 하나 까딱하지 않았다.

“맞아. 내가 무명이 엄마다. 엄마!”

진혁과 보영이 헉하며 서로를 마주 보았다. 아무리 오지랖이 태평양인 경민이라도 저리 무명을 챙기다니, 수상쩍었다. *무명이 대체 뭐라고. 너무 과하잖아.* 헤이의 심경이 복잡했다.

“대갈빡이 돌았구나. 니가 왜 이 자식 엄마야?”

필광이 눈을 부라렸다.

“엄마든 누나든 뭐든, 내가 무명이랑 한편이니까 그런 줄 알아. 함부로 우리 무명이 괴롭혔다간 나도 가만있지 않을 거야. 사람을 오라, 가라 멋대로 부르지 마. 무명인 니 노예가 아냐.”

두 사람의 말싸움이 줄다리기처럼 이어졌다.

"오빠한테 반말 찍찍 까냐?"

필광의 눈에서 강렬한 섬광이 튀어 올랐다.

"오빠 노릇 해야 오빠라 부르지. 숙소서 애들 심부름이나 시켜 먹는 주제에? 이봐, 여기서 왕이 되고 싶나 본데, 그래 봐야 너나 나나 다를 것 없는 신세야. 집 잃고 홈을 떠도는 고아라고. 고아! 내 말 틀렸어?"

경민이 목청을 시원하게 드높였다.

파팍!

화가 솟구친 필광이 운동화로 땅을 걷어찼다. 물수제비를 뜬 듯 자갈들이 공중으로 기다란 호선을 그리며 날아갔다.

"못생긴 게 사람을 가르치려 들어."

"넌 뭐 잘생긴 줄 아냐, 중년 아저씨."

경민은 한마디 지지 않고 따박따박 맞받아쳤다.

"뒈지고 싶어 환장했네. 이게 진짜!"

필광의 주먹이 경민의 뺨을 타격하려는 찰나였다. 삐이이익. 경비가 다가오며 호루라기를 불었다.

"너희, 싸우는 건 아니지?"

홈의 경비들은 대체로 무심했다. 되도록 이재민의 사적인 일엔 참견하지 않았다. 다만 홈이 시끄러워져 모두를 동요하게 만드는 일은 절대 용납하지 않았다. 경비들은 나름의 블랙리스트를 만들어, 그걸로 성질 나쁜 이재민을 제압하였다. 함부로 주먹다짐하다가는 이름이 그 블랙리스트에 오를 거였다. 최악의 경우는 홈의 골칫덩이로 찍혀서 배식과 비품, 의료품을 제한당할 수 있었다.

필광이 떨떠름히 주먹을 내렸다. 경민을 향해 어금니를 빠드득 갈았다.

"주둥아리 조심해라. 후회하기 전에! 네 말마따나 나 고아거든. 무서울 게 없어. 무명이 넌 이따 방에서 보자, 퉤!"

필광은 걸쭉한 가래침을 뱉고 뒤돌아섰다. 이윽고 개선장군처럼 제 무리를 양쪽 겨드랑이에 달고서 가 버렸다.

"욘석들이. 쓸데없이 뭉쳐 다니지 마라."

경비원이 건조하게 잔소리를 날렸다. 몇몇 애들은 반항하듯 손을 호주머니에 찔러 넣고 유유자적 걸어갔다. 혼자선 부모 없고 힘이 없을지라도, 여럿이 뭉치면 두려울 게 없었다.

"저거 설치는 거 보기 싫어 죽겠네. 내가 어서 여길 떠야지."

경민이 한숨을 푹 쉬었다. 동의하듯 진혁이 뾰족한 턱으로 허공을 쿡쿡 찍었다.

"필광이 요즘 눈에 뵈는 게 없어. 남자 방에서 왕처럼 굴어. 애들을 지 쫄따구로 부리고. 하도 조폭 두목처럼 설치니까 어른들도 재한텐 찍소리 못 해."

"쯧, 둘이서 무명이 좀 챙겨 줘. 난 남자 방엔 못 들어가잖아."

경민의 부탁에 진혁과 호철이 합죽이가 되었다. 둘은 겸연쩍게 시선을 피하였다. 난감한 눈치가 역력했다. 경민을 거들다가 무명이 보호자 노릇을 떠맡게 되는 건 곤란했다. 행여 필광이 눈

밖에 나면 남자 방 생활이 고달파지니까.

2층 대강당은 여자 방, 3층 대강당은 남자 방으로 사용된다. 두 숙소는 성별로 엄격히 구분되어 이성의 출입이 불가하다. 남자 방은 필광이 무리가 꽉 잡았다. 그러므로 필광과 적대적으로 지내려면 지대한 용기가 필요했다. 진혁과 호철 역시 무명을 불쌍해하나 동등한 친구로는 여기지 않았다. 친구도 뭐도 아닌 남을 위해 저를 희생할 마음은 콩알만큼도 없거니와.

"알았지?"

경민이 슬그머니 꼬리를 빼는 둘에게 거듭 부탁했다.

"언제 나갈 거야? 디데이 잡아야지."

약삭빠른 진혁이 화제를 슬며시 돌렸다.

"모이면 의논하려 했지. 대충…… 탈출 루트 정해 놨거든."

경민이 경비 쪽을 흘끗하며 으슥한 그늘을 찾아 걸어갔다. 그 뒤를 진혁, 호철, 보영이 줄줄이 따랐다. 전원 탈출 멤버였다.

헤이는 남았다. 지루한 표정으로 게시판 옆에 털썩 앉아 버렸다.

"넌 안 가?"

보영이 돌아보며 물었다.

"안 가, 못 가."

헤이는 두 어깨를 뾰족뾰족 올렸다 내렸다. 그러곤 늘 메고 다니는 빨간 가방을 열어 화장품을 모조리 꺼냈다. 토너, 로션, 세럼, 파우더, 마스카라, 립스틱, 볼터치.

헤이는 화장품을 편편한 돌에 정성스레 늘어놓고선 들뜬 화장을 차근차근 고치기 시작했다. 놀 것도 볼 것도 없는 홈. 화장만이 헤이의 유일한 취미이자 낙이었다. 헤이는 퍼프로 파우더를 찍어 콧등을 톡톡 두드렸다. 동그란 거울에 얼굴을 이리저리 비추다 말고 이맛살을 찡그렸다. 또, 또! 거울에 남동생 얼굴이 둥실둥실 떠올라서.

"경민이 넌 몰라. 나도 홈을 나가고 싶어. 하지만…… 안 돼. 헤준이 찾기 전엔 엄마 아빠 절대 못 만나."

눈동자가 빨개졌다. 누가 볼까 재빨리 아이섀도 스틱을 꺼내었다. 스틱을 돌려 눈두덩 밑으로 진하게 그었다. 상큼한 오렌지빛에 눈가가 금세 환해졌다. 화장을 덧칠하는 중에도 심장이 저릿저릿했다. 남동생을 떠올리면 자동으로 죄책감부터 일었다. 부모님이 미치게 그립지만, 동시에 그들과의 재회가 두려웠다.

"헤준이 어디 있니? 너랑 같이 있었잖아."

부모님에게서 그 질문을 받는 게 무섭기 때문이다.

"헤이!"

보영이 재차 부르더니 제법 어른스럽게 타일렀다.

"너도 가자. 엄마 아빠가 못 오면…… 우리가 찾아가야지. 가다 보면 중간에서 만날 거야. 만나질 거야."

헤이의 목구멍이 뜨거워졌다. *안 돼!* 보영의 말에 감격해 하마터면 비밀을 털어놓을 뻔했다. 아무에게도 말하지 못한 비밀을.

"몰라. 안 간다니까."

등을 새치름히 돌렸다. 다시금 툭툭 퍼프로 뺨을 거칠게 두드
렸다. 뭉게뭉게 피어오르는 하얀 가루. 그 독한 분내로 눈물을
삭였다. 거울에 또 두둥실, 혜준의 작고 까만 머리통이 솟아올
랐다.

* * *

헤준은 여덟 살이나 어린 남동생이다. 그리고 헤이는 그 어린
동생의 손을 스스로 놓아 버렸다.

그날 아침.

"엄마 아침에 회의 있어. 일찍 가야 해. 네가 혜준이 유치원 버
스 태워 줘."

맞벌이하는 엄마는 딸에게 아들을 맡기고 이르게 출근했었다.

"가자, 헤준아."

남매는 사이좋게 손을 잡고 아파트 입구까지 걸었다. 혜준은
노란 가방을 등에 메고 졸랑졸랑 걸었다. 평소엔 그럭저럭 부모
님을 도와드리는 편이나, 그날 유독 타이밍이 나빴다. 헤이는 처
음 사귄 남자 친구와 동네 어귀에서 만나 함께 등교하기로 약속
한 터였다. 동생만 제때 버스를 태워 주고 가면 되는걸. 그날따
라 유치원 버스가 정시에 오질 않았다. 약속 시간에 늦어지니 애
가 무진장 탔다. 목을 길게 빼고 버스를 기다렸다. 헤이는 발을
동동 굴렀다.

너무해. 매번 날 애 돌보미로 부려 먹고. 내가 헤준이 엄마야, 뭐야. 새삼 동생을 떠넘긴 부모님에 대한 짜증이 솟구쳤다. 반항심이 기어이 원전과 함께 대폭발해 버렸다.

타악.

헤이는 매몰차게 헤준의 고사리손을 뿌리쳤다. 금방 유치원 버스가 와서 동생을 태워 줄 거라 변명하면서.

"누나 학교에 지각하겠거든. 너 꼼짝하지 말고 여기 있어. 기다리면 버스가 와. 곧 와."

"싫어! 누나!"

헤준이 금세 칭얼거렸다.

"어쩌라고? 너 때문에 완전 늦었다니깐. 아, 이거 줄게 울지 마."

난감해진 헤이는 충동적으로 손가락에 낀 반지를 빼 동생에게 주었다. 그저 싸구려 장난감 보석 반지였다. 큼지막한 유리알 속에 파란 액체가 출렁거리는. 전날 헤이가 장난감 기계에서 손수 뽑았었다. 자세히 보면 유리알 표면에 납작한 하트 모양으로 스크래치가 있었다. 그것조차 헤준은 예쁘다며 탐냈었다.

"어제 이거 달라 졸랐지. 반지 줄 테니까 누나 말 들어."

"반지?"

헤준이 눈물을 글썽하였다. 누나의 얼굴과 파란 반지를 번갈아 쳐다보았다. 이때다 싶어 헤이가 슬금슬금 꽁무니를 뺐다.

"진짜야. 유치원 차 올 거야. 조금만, 조금만 이거 보면서 기다리면 돼. 알겠지?”

헤준이 멍해졌다.

“이건 우리 둘만의 비밀이야. 엄마한테 누나 먼저 갔다고 말하면 안 돼. 절대.”

띠리링. 때마침 휴대폰이 울렸다. 벌써 약속 장소에 도착했다는 남자 친구의 메시지였다.

“한 발짝도 움직이지 마. 딱 여기 있어. 누나 따라왔다간 혼난다.”

급해진 헤이는 빙글 뒤돌아 달리기 시작하였다. 남동생과 실랑이를 벌이느라 시간이 지체되었다.

“같이 가, 누나!”

당장 헤준이 울먹였다. 누나의 꽁무니를 쫄쫄 쫓아왔다.

“따라오지 마. 얌전히 있기로 약속했잖아.”

겁먹은 헤준이 별안간 반지를 돌려주려 애썼다. 반지보다 누나가 함께 있는 게 훨씬 좋았다.

“안 돼. 이제 네 거야. 아무한테도 그 반지 보여 주지 마. 약속 어기면 이제 너랑 안 놀아 줄 거다, 절대로!”

헤이가 눈을 우악스레 부릅떴다. 쌩하니 뒤도 돌아보지 않고 아파트 단지 밖 대로로 내달려 갔다. 성가신 남동생이 잠시 보채다 말겠거니. 머잖아 헤준의 울음소리가 희미해졌다. 헤이는 동생을 완벽히 따돌렸다. 아니, 따돌렸다고 믿었다. 휴대폰만 보며 다급히 걸어갔다. 그러나 채 몇 발자국 가지 못하고 멈추었다.

별안간 몸이 덜덜덜 흔들렸다. 작동 중인 운동 기구 위에 올라선 느낌으로.

"어어?"

기우뚱하다 헤이가 고개를 비틀었다. 그 순간 노란 섬광이 번쩍였다. 곧이어 어마어마한 먹구름과 정체 모를 가스가 하늘을 메워 갔다. 숨이 막혔다. 간지러움을 넘어서 껍질이 송두리째 찢겨 나가는 듯 피부가 당겨졌다. 부지불식간에 눈앞이 까매졌다. 헤이는 그대로 길에 고꾸라졌다.

헤이가 깨어났을 때는 벌써 만 하루가 지나 있었다. 누운 곳은 인근 학교. 학교이자 대피소 안은 사람들 울음소리로 소란스러웠다. 정신을 차리고 벌떡 일어났다. 때마침 지나가던 경찰관에게 달려가 물었다.

"원전이 터져서…… 하여간 병원이 포화 상태라. 여길 긴급 대피소로 쓰고 있어. 다친 사람들 계속 실어 오는 중이란다."

그는 대강이나마 상황을 알려 주었다.

"어떡해. 헤준이……."

그때부터 헤이의 지옥이 시작되었다. 아비규환 속에서 남동생을 찾아 대피소를 샅샅이 헤매고 다녔다. 제발 유치원 차를 무사히 탔기만을 바랐지만 그 기대는 곧 물거품이 되었다.

몇 시간 뒤, 헤이는 얼빠진 얼굴로 서성거리던 아줌마와 마주쳤다. 다름 아닌 헤준의 유치원 선생님이었다. 그녀가 먼저 헤이를 알아보고 안도하며 다가왔다.

"어젠 내가 차량 도우미였지. 하필 너희 아파트를 지나는 중에 이런 변이 난 거야. 그나마 버스에 탄 애들 모두 무사하니 천운이지 뭐니."

흥분한 그녀는 얘기를 두서없이 읊어 대었다.

"애들 전부 무사하다고요? 걔들 어디 있어요?"

헤이가 반색하였다. 동생이 그 버스를 탔을 거야. 하지만 선생님의 물음이 기대감을 와장창 부서뜨렸다.

"천만다행이지. 근데 헤준인 어디 갔니? 정류장에 없길래 그냥 지나갔거든."

"아아. 헤준인 그…… 엄마가 병원에 데리고 간댔어요. 감기 기운이 심해서요."

순간적으로 거짓말이 나왔다. 어린 동생을 혼자 길에 버려 두고 왔다고는 도저히 말할 수 없어서. 유치원 선생님은 황급히 헤이를 위로하고는 떠났다. 그길로 헤이는 바닥에 주저앉아 펑펑 울기 시작했다.

'헤준인 결국 유치원 차를 놓친 거야. 내 탓이야. 멍청한 나 때문에!'

한동안 억지로 희망을 불어넣으며 필사적으로 헤준을 찾았다. 부모님과 만난다 한들 고개를 들 면목이 없기에. 최소한 헤준이 이 세상에 살아 있다는 걸 확인해야 했다. 그러나 헤준과 부모님에 관한 소식은 듣지 못했다. 전혀. 헤이는 점차 지쳐 갔다.

그때 내가 5분만 더 유치원 차를 기다려 줬다면. 아니, 3분만.

1분만 더. 그랬다면 혜준이 지금 나랑 함께 있을지 모르는……
아니지, 따지고 보면 내 잘못이 아냐. 누가 알았겠어. 하필 그때
그게 폭발할 줄. 세상에 종말이 올 줄!

때론 작심하고 비뚤게 굴었다. 그런다고 동생을 버린 죄책감
은 가벼워지지 않았다. 솜털만큼도.

입술이 빨개졌다

헤이의 꿈은 무궁무진했었다. 요리사, 아나운서, 변호사. 마지막으로 가졌던 꿈은 연예인이었다. 재난 후로 그 꿈이 무의미해졌다. 이제 남은 일생일대 목표는 단 한 가지, 남동생 혜준을 찾는 일이 되었다.

간혹 꿈에 저 멀리 혜준의 노란 가방이 구조선 깃발처럼 펄럭이곤 한다. 그럴 때마다 헤이는 큰 절망감에 휩싸인다. 폭풍우 치는 망망대해에서 구조선과 조우할 기회란 무척 희박하니까.

시간이 흐를수록 동생 찾기도 시들해졌다. 하루하루 연명하기 벅찬 나날들. 혼자 힘만으로 동생을 찾을 수 없다는 좌절감만 커졌다.

"하아……."

헤이가 기나긴 한숨을 내뱉으며 립글로스의 몸통을 빙빙 돌렸다. 체리 빛깔 원형 기둥이 쑥 올라왔다. 헤이는 립글로스를 목숨처럼 아꼈다. 입술을 색칠하는 시간이 제일 즐거웠다. 안타깝게도 립글로스가 뭉툭하게 닳아 4분의 1밖에 남지 않았다.

전에 쓰던 진분홍빛 립스틱은 다 쓰고 없었다. 사실 체리 립글로스는 헤이의 것이 아니었다. 원래 선정의 것이었다. 선정은 최근 13홈에서 죽은 소녀다. 또한, 경민이 홈을 탈출하겠다고 결심하게 만든 장본인이기도 하고. 친하게 지내던 선정이 죽자, 경민은 며칠을 내리 울었었다.

사실 헤이의 화장품은 원래 주인이 제각각이었다. 싸구려 파우더와 쿠션, 마스카라…… 죄다 이전에 죽은 소녀들이 남긴 유품이었다. 헤이는 한 방의 여자애들이 죽으면 기념품처럼 그들의 것을 주머니에 넣었다.

뭐 어때. 죽으면 화장을 못 하는걸.

선정의 죽음이 헤이에겐 대수롭지 않았다. 선정이 호흡을 멈추자마자 다들 의사를 부르러 갔다. 그 틈에 헤이는 몰래 선정의 침상으로 갔다. 남은 화장품을 챙기려고.

선정은 얼룩진 매트에 나무토막처럼 반듯이 누워 있었다. 눈조차 감지 못한 채로, 핏기 하나 없이 허연 얼굴. 꼭 굳어 버린 밀랍 인형 같았다. 헤이는 무심히 시체를 뺑 돌다가 기어이 선정의 화장품 파우치를 꺼내었다. 죽은 이의 물건을 훔치는 건, 식은

죽 먹기였다.

선정의 파우치는 낡고 볼품없었다. 누가 보기 전에 립글로스만 쏙 빼내 바지춤에 찔러 넣었다. 그러다 기분이 살짝 켕겨 선정을 힐끗하였다. 살아생전 유난히 뎅그렇던 선정의 눈동자. 두 눈동자가 휘둥그레 확장된 채 움직이지 않았다. 소름 끼쳤다. 마치 인형에 검은 바둑알을 박은 듯이.

미안해. 대신 이 립글로스 다 쓸 때까지…… 네 이름 기억해 줄게.

헤이는 일부러라도 허리를 꼿꼿이 펴고 립글로스만큼 딱딱해진 선정의 시체를 측은히 응시하였다. 헤준에 관한 일을 제외하고는 대체로 무감각했다. 홈 생활이 길어질수록 삶과 죽음의 경계가 무뎌졌다. 죽은 친구의 물건을 훔쳐도 죄책감은 없었다. 되레 생필품이 극도로 모자란 환경에서는 서로 나눠 쓰는 게 미덕이라는 생각까지 들었다.

죽음은 여기저기 널려 있었다. 운동화 앞코에 채일 만큼. 방심하다간, 죽음이 역겨운 고린내를 풀풀 풍기며 말을 걸어 왔다. 동시에 그 수많은 죽음의 밭에서도 보잘 것 없는 일상은 꾸역꾸역 지속되고 있었다. 결코 이상적인 삶의 형태는 아니지만 헤이는 죽음과 삶이 공존하는 생활에 꽤 잘 적응해 왔다.

헤이는 거울을 들어 화장을 꼼꼼히 점검했다. 그때였다. 거울 속으로 쏙! 작고 하얀 얼굴이 하나 더 동동 떴다.

"언니, 화장해?"

주주였다. 주주는 예닐곱 살 되는 아이로 고모와 둘이서 13홀에 들어왔다. 주주는 마론인형같이 어여쁘다. 긴 갈색 머리카락과 어울리는 캐러멜 빛 눈동자에 피부가 백옥처럼 희다. 천식이 심해 늘 기침을 달고 살지만, 붙임성이 좋다. 곧잘 살갑게 말을 붙여 왔다. 함께 놀 또래나 장난감이 없으니 언니들과 놀려고 안달이었다.

반면, 꼬장꼬장한 성격의 고모는 어린 조카를 과잉보호했다. 조카가 큰 애들과 어울리는 걸 탐탁지 않게 여겼다. 나쁜 바이러스가 옮으면 큰일이라며, 주주를 멀리 떼어 놓기 바빴다. 고모가 괄괄한 탓에 경민과 헤이 외엔 아무도 이 꼬맹이와 놀아 주지 않았다.

"이리 와."

헤이가 싱긋 웃었다. 깜찍한 꼬마 손님에게 기꺼이 옆자리를 내주었다. 헤이는 자신을 따르는 주주가 마냥 귀여웠다. 가끔 과자나 사탕이 생기면 몰래 주주에게 건네주곤 했다. 이상하게 주주에겐 뭐든 해 주고 싶었다. 특히 주주는 헤이가 화장만 하면 득달같이 다가왔다. 어린 눈에 언니의 화장이 신기하고 부러운 모양이었다.

"있잖아, 언니. 우리 엄마도 매일 이렇게 화장했어. 대박 예뻤는데."

"그랬어? 주주도 예쁘니까. 주주 엄마 완전 미인이시겠다."

헤이가 눈꺼풀을 게슴츠레 내렸다. 화장 덕분에 얼굴이 설핏 어른스러워졌다. 나를 내가 아닌 딴사람으로 만들어 주는 것, 그게 헤이가 화장에 빠진 이유다.

"예쁘다."

달그락. 주주가 홀린 듯 파우치로 팔을 뻗어 립스틱을 건드렸다. 조심하라며 헤이가 펄쩍 뛰자, 주주가 시무룩해졌다. 미안해진 헤이가 바로 말투를 다정히 누그러뜨렸다.

"이건 나한테 중요한 거야. 아주아주. 그러니까 함부로 만지면 안 돼, 알았지?"

"콜록."

끄떡끄떡하다 말고 주주가 기침을 터뜨렸다. 가는 목에서 바람이 쌕쌕 빠지는 소리가 났다.

"주주가 크면 언니가 화장 가르쳐 줄게. 꼭."

"콜록. 난 없는걸. 화장품."

"이거 줄게."

헤이가 파우치를 뒤졌다. 오렌지색 립밤 스틱을 주주에게 건네주었다. 색이 마음에 들지 않던 립밤이었다.

"너 크면 더 줄게. 이거 다 가져."

"이거 다?"

"응. 혹시 나 죽으면 내 화장품 다 가져가도 돼."

"어?"

"진짜 괜찮다니깐."

“진짜?”

헤이의 약속에 주주의 얼굴이 환해졌다.

“그렇지만 언니 죽는 건 싫…….”

“주주!”

막 식당에서 나오던 고모가 소리쳤다. 그녀는 헤이를 뱁새눈으로 보았다. 진한 화장을 한 헤이를 선입견에 찌든 눈길로 바라보았다. 놀란 주주가 발딱 일어났다. 오렌지색 립밤을 치마 주머니에 쏙 넣고서는 고모에게로 달음박질쳤다.

“귀여워라.”

헤이가 배를 잡고 깔깔거렸다. 한 마리 나비처럼 나풀나풀 달려가는 아이 뒷모습이 사랑스러웠다.

드디어 화장을 마친 헤이가 일어나다가 비명을 꺅 질렀다. 어느새 무명이 가까이 있었다. 순진무구한 소년의 시선이 헤이 얼굴을 휙 훑고선 허공으로, 게시판으로 옮겨 갔다.

“기……린…….”

그가 손가락을 꼬물거렸다. 하필 헤이의 가족사진을 향해서. 헤이가 훨씬 재빨랐다. 무명의 손이 닿기 직전 제 사진을 잡아채었다.

“만지지 마. 내 사진이야!”

헤이의 3옥타브 고음이 하늘로 치솟았다. 주주는 귀엽지만, 무명은 귀엽지 않았다. 무명은 훼방꾼이었다.

“나, 나…… 히끅!”

놀란 나머지 무명이 딸꾹질을 터뜨렸다. 히끅히끅. 한번 터진 딸꾹질은 그칠 기미가 없었다. 헤이가 쌀쌀맞게 등을 돌렸다가 괜히 경민 쪽을 힐긋거렸다. 그들은 아직 구석에서 심각하게 토론 중이었다. 섭섭했다. 한사코 탈출에만 들뜬 친구들을 보면 소외감이 밀려들었다.

‘나 탈출할 거야. 너도 가자!’

경민이 처음 선언했던 순간, 헤이가 허무맹랑하다며 일축했었다. 당연히 모두 코웃음 치며 말리리라 넘겨짚고서. 놀랍게도 아이들은 경민의 계획을 진지하게 받아들였다. 탈출 계획은 일사천리로 진행되었다.

아이들이 단체로 홈을 나가 버리면 곧 혼자가 될 거였다. 13홈에 새 친구가 또 들어오겠지만 경민을 영원히 보지 못하게 된다는 사실은 변하지 않았다. 그래서 슬펐다.

“흥. 공부나 해야지.”

헤이는 비밀결사대에 끼고 싶은 마음을 억누르고 발을 당차게 돌렸다. 목적지는 병동. 오늘은 오후 수업이 있는 날이라 교육실이 열린다.

헤이가 발도장을 쿵쿵 찍으면서 무명을 스쳐 지나갔다. 무명이 움찔하더니 오매불망 쳐다보았다. 굼뜬 그의 행동만 보면 갑갑증이 터졌다. 헤이는 무명에게 최대한 냉소적으로 한마디를 흘렸다.

"넌 안 가?"

무명의 입술이 씰룩씰룩 올라갔다. 말을 걸어 주니 마냥 기뻐했다.

"오늘 학교 가는 날이잖아."

"학……교?"

"수업 빠짐 너만 손해야. 특히 너처럼 맹한 녀석은 하나라도 더 배워야지."

과연 헤이의 잔소리를 알아들었을지 미지수였다. 하여간 무명은 절뚝거리며 열심히 헤이를 따라왔다.

곧장 병동에 들어가서 엘리베이터를 잡아탔다. 교육실은 병동 6층에 있었다. 그곳이 임시 학교다. 수업은 대략 일주일에 두세 번 정도만 이뤄지고, 학교라기에 부끄러울 만큼 열악한 환경이었다. 현재로는 수업을 받을 수 있는 것만으로도 감사할 일이었다. 헤이와 경민처럼 피폭 4등급 이상을 받은 아이라면 더더욱.

원자력발전소 폭발 직후, 정부는 방사능에 관련하여 기준 지표부터 세웠다. 무엇보다 가장 중요한 지표는 피폭 등급! 그것은 방사능 누출로 신체적 피해를 입은 사람의 내부 피폭 오염도를 구분하는 등급이다. 원전 사고를 8단계로 분류한 국제원자력기구의 등급을 기준으로, 세슘 농도 및 각종 수치를 계산한 거다. 최고 등급은 8등급. 즉, 등급이 높아질수록 신체의 내부 피폭이 심하다는 걸 의미했다.

재난 초기 당시, 환자들과 이재민들은 전원 엄격한 건강검진을 받았다. 그중 4등급 이상으로 신체 내부 피폭 정도가 높은 이재민은 홈을 아예 떠날 수 없게 됐다. 피폭 수치가 3등급 이하로 낮아지기 전까진 말이다. 4등급 이상은 가족의 동의를 얻어 철저한 검사를 거쳐야 홈에서 나갈 가능성이 열린다. 한마디로, 가족과 닿지 못한 사람은 속수무책으로 홈에서 살아야 했다. 헤이는 최근 검진에서 5등급을 받았다. 만약 헤이의 등급이 낮았다면? 정부에서 더 적극적으로 가족을 찾아 줬을까?

눈에 보이지 않는 세슘 농도 따위로 사람을 나누다니. 아예 수능 점수로 등급을 매기지! 아님, 토익 점수든가. 그렇다면 기를 쓰고 공부할 텐데. 생각할수록 억울한 헤이였다.

6층 교육실은 합해서 두 곳. 601호는 초등생 및 미취학 아이들, 602호는 중학생 이상의 십 대 교실이다. 602호에서 헤이와 친구들, 그리고 필광이 무리까지 한데 섞여 공부했다.

"안녕하세요."

헤이가 인사하며 602호로 들어섰다.

"일찍 왔네. 딴 애들은?"

수업 준비 중이던 양 샘이 두 팔 벌려 반겨 주었다. 양 샘은 앞머리가 희끗희끗한 중년 여성이다. 그녀 또한 이재민이지만, 교사를 자원해 아이들을 가르쳤다. 재난 전에 실제로 중학교에서 영어를 가르쳤다고 했다. 수업은 지루하나 양 샘은 성품이 온화했다. 모르는 걸 물어보면 귀찮아하지 않고 성심껏 대답해 줬다.

"곧 올 거예요."

헤이가 앞자리에 홀라당 앉았다. 무명은 자리를 정하지 못하고 쭈뼛거렸다. 헤이 옆에 앉고 싶은 눈치였다. 헤이가 사납게 흘겨보자, 허둥지둥 끝줄로 가 버렸다.

"보고 있으렴. 수업은 2시 정각에 시작하자."

양 샘이 영어 학습지를 건네주었다.

"샘, 혹시 우리가 홈에서 나가겠다고 하면 어떻게 돼요?"

헤이는 망설이다가 넌지시 물었다. 불현듯 양 샘의 안색이 흙빛이 되었다. 드르륵하며 그녀는 황급히 의자를 끌어 헤이와 마주 보고 앉았다. 교실에 단 세 사람뿐. 무명은 귀를 후비적후비적 파고 있었다. 양 샘이 귓속말하듯 입술을 헤이의 귀로 가져갔다.

"쉿, 그건 금지야. 관리자 앞에서는 제발 입조심하렴. 근데 너……정말 홈을 나갈 작정이니?"

"그냥 물어본 거예요. 갑갑하니까."

헤이는 되는 대로 얼버무렸다.

"피폭 등급이 어떻게 되지?"

"5등급요."

"휴. 그 수치론 어디서도 살 수 없다. 홈을 나가게 내버려 두지 않겠지만, 나간들 널 받아 줄 곳 없어. 나도 같은 처지고."

양 샘이 딱 잘랐다.

"너무해. 우리가 외계인인가요? 난 아프지 않아요. 수치만 높지. 멀쩡한데 왜 안 되는데요? 혹시…… 측정기가 오류인지 또 모르잖아요.”

헤이는 볼멘소리로 발끈했다. 친절한 양 샘은 희망적인 얘기를 해 주리라 기대했건만 몹시 실망스러웠다. *양 샘도 어른이라 별수 없네.* 좌절감이 물결쳤다.

“여긴…….”

양 샘이 말끝을 흐렸다. 좀처럼 현실을 직시하지 못하는 아이에게 세상의 비정함을 어찌 일깨워 줘야 하나, 하고 고민하는 표정이었다.

“나도 미치도록 나가고 싶어. 하지만 세상엔 기준이란 게 있어. 네가 정말로 떠나길 원한다면…… 어떻게든 몸 관리 잘해. 방사능 수치를 내릴 노력부터 해. 그 외엔 방법이 없구나.”

다시 의자가 드르륵. 원위치로 돌아가며 고막을 괴롭혔다. 양 샘은 버거운 대화를 서둘러 종결했다. *귀찮거나 불리하면 도망가기 바쁘지. 어른들은 늘 그래. 비겁해!*

헤이는 양 샘을 흘겨보았다. 그러다 화들짝 놀랐다. 양 샘의 등이 불룩하게 굽고, 두 날갯죽지가 뾰족뾰족 위로 튀어나와 있었다. 작은 양복을 억지로 껴입은 듯 상의가 당겨 올라갔다. 그러고 보면 오늘따라 유난히 얼굴이 탱탱 붓고 흰머리가 숭숭했다.

단지 기분 탓이 아니었다. 양 샘의 외모가 부쩍 나이 들어 보였다. 처음 수업을 시작했을 때는 삼십 대라 했건만, 이젠 쉰이라도 해도 믿을 정도였다. 불과 몇 달 전에 비해 놀랄 만큼 외모가 늙고 행동이 노쇠해졌다.

헤이는 가만히 턱을 아래로 떨어뜨렸다. 초라한 양 샘을 욕하거나 다그칠 의욕조차 증발했다. 대신 가슴 속에 울분이 울컥울컥 휘몰아치고, 두 손이 와들와들 떨렸다.

건강 관리나 하라니. 양 샘의 충고는 가혹했다. 홈에서 개인이 방사능 수치를 줄일 구체적인 방법이 없으니까. 헤이가 홈을 나가는 건 불가능하다는 뜻이었다. 한편으로는 홈 아이들이 열심히 공부해 봤자 미래는 바뀌지 않는다는 한계를 양 샘 스스로 인정하는 말이었다.

바스락. 헤이는 그녀가 준 영어 학습지를 신경질적으로 구겨 버렸다. 소음에 양 샘이 돌아보자 헤이가 고까워하며 되물었다.

"야밤에 도망치면요, 그럼 위에서…… 우릴 총으로 쏴 죽이기라도 하나요?"

양 샘은 고집부리는 소녀를 측은히 응시하였다.

"글쎄다, 헤이야. 해 보지 않아서 나도 모르겠다만, 공짜 음식과 약을 주는 홈을 나가면 네 수명만 줄어들 거다. 대체 무얼 위해 나가려는 거니? 홈은 우리를 보호해 주는데."

"집에 가야죠. 진짜 집에."

헤이는 두 입술을 지그시 악다물었다. 우스웠다. 마치 본인이 경민이 되어 세상에 항변하는 느낌. 경민의 탈출 계획에 헤이는 줄곧 부정적인 태도를 고수해 왔건만 괜스레 만만한 양 샘에게 성질을 부리고 있었다.

"집이라……. 이젠 홈이 우리 집이야."

"우리 집 아니에요!"

"생각해 봐. 처음부터 네가 태어날 집을 골라 태어난 건 아니잖니. 홈이 그런 거지. 넌 홈을 선택할 수 없어. 싫어도 이게 네 운명이야. 거스를 수 없단다."

살살 달래는 어른의 음성은 묵직하고 서글펐다. 제자를 타이르는 중에 불현듯 잃어버린 제 가족을 떠올린 걸까. 새로운 가족에 적응하라 충고하는 양 샘도 예전 가족에 대한 그리움만은 어쩌지 못했다.

가족이 있는 집. 스위트 홈.

그러나 13홈은 '스위트' 하지 않다. 푸근하지도 따스하지도 않다. 기본적인 의식주는 제공해 주나, 가장 중요한 게 결핍되었다. 그래서 자꾸만 달아나고 싶어지는 곳이었다.

"그린비타민은 꼬박꼬박 챙겨 먹고 있지?"

양 샘이 조곤조곤 되물었다. '그린비타민'은 초록색 알약으로, 원전 사고 여파로 보건부에서 개발한 특수 비타민이다. 보건부에서는 체내 방사능을 배출시키는 효과가 있다며, 전 국민에게 그린비타민을 무상으로 제공하고 있었다.

홈은 아예 식당과 병동, 방 앞 복도까지 누구나 손쉽게 집어먹을 수 있도록 비상약들과 그린비타민을 비치해 두었다. 그린비타민의 섭취 권장량은 매끼 한 알씩. 하루에 두세 알 이상은 반드시 먹어야 한다. 그린비타민을 맹신하는 노인들은 개인 약통에 그린비타민을 챙겨 다니며 알사탕처럼 꺼내 먹었다.

헤이도 한때 그린비타민을 빠뜨리지 않고 먹었지만, 그걸 먹고서 등급이 내려간 사람을 본 적은 없었다. 도리어 그린비타민을 먹자마자 설사를 주르륵한 적이 있었다. 설사약인가 의심이 생긴 뒤로 어두운 복도의 탁자 위에서 형형히 빛나는 청록색 약통을 보면 코웃음만 비죽비죽 나왔다. 밝은 초록색 약통은 꼭 웅크린 청개구리 같다. 헤이는 사람을 들었다 놓는 그 희망 고문이 얄미웠다.

"먹어야죠."

헤이가 턱을 삐딱이 기울였다.

"잘하고 있구나."

양 샘이 흐뭇한 미소를 지었다.

"잊지 말고 먹으렴. 나라에서 '안전도시' 지정한 건 알지? 네 등급이 정상 치수까지 떨어지면 너도 갈 수 있어."

양 샘은 계속 상심한 헤이를 달래려 애썼다.

안전도시는 정부에서 방사능에 오염되었을까 우려하는 국민을 진정시키기 위해 100퍼센트 안전하다고 딱지를 붙인 지역이다. 정부는 국민에게 안전도시로 들어와 살라며 대대적으로 홍보하고 있어서 건강한 사람들이 부랴부랴 그리로 옮겨 갔다. 반대로 '안전' 딱지가 붙지 않는 도시들은 빠르게 수장되는 중이었다.

안전도시는 까다롭게 피폭 검사를 실시한다. 당연히 피폭 수치가 낮은 1, 2등급의 시민 위주로 거주를 허락한다. 안전도시 주민이라고 마냥 마음을 놓을 수만은 없다. 정기적으로 피폭 검사를 하기에, 비록 안전도시에 들어갔더라도 몸 상태가 나빠지면 얼마든지 쫓겨날 수 있다. 헤이를 포함한 5등급 자는 안전도시 안으로 발끝조차 디딜 수 없다. 이미 방사능에 흠뻑 오염된 사람은 안전할 권리까지 박탈당한 거다.

"안전도시 어디 어디 있댔죠?"

"태구와 서울, 제주도 등이지. 그새 몇 지역 더 추가됐나? 그건 잘 모르겠구나. 복구가 완전히 끝난 도시는 리스트에 올린다 했어."

양 샘은 사근사근 설명했지만 시무룩한 표정에 깊은 회의감이 엿보였다. 자신은 결코 안전도시에 들어갈 수 없음을 아는 사람의.

* * *

2시가 가까워지자, 아이들이 한꺼번에 우르르 교실로 모여들었다. 경민은 헤이 옆자리에 앉았다. 영어 수업이 순조로이 시작되었다.

헤이는 영어 과목을 좋아한다. 그렇지만 오늘은 도무지 수업에 집중을 못 했다. 안전도시 생각에 골똘히 빠져 있었다. 쉬는 시간이 되자마자 양 샘이 부리나케 가 버렸다.

끄아아악! 난데없이 우글우글한 소년 무리에서 커다란 비명이 새어 나왔다.

"너 지금 뭐라 했어!"

필광이 한 아이의 멱살을 잡아 올렸다.

"내가 6등급이라니. 어디서 혀를 놀려?"

"말실수한 거야. 용서해 줘."

아이가 싹싹 빌며 용서를 구했다. 그 비굴한 모습이 딱할 지경이었다.

"증거 있냐? 지난 검사 때 4등급 받았거든! 나 뒈지는 게 보고 싶어 그래?"

과도하게 흥분한 필광이 두 눈을 희번덕거렸다. 보건부는 피폭 등급을 본인에게만 알려 준다. 다른 이가 그의 등급을 봤을 리 없었다.

"내 눈깔이 후져서 잘못 봤어. 미안."

아이가 연거푸 얼굴을 조아렸다.

"내 등급 나빠지면 전부 네 탓인 줄 알아. 말이 씨 된다잖아!"

필광은 침과 욕을 다발로 튀겨 대었다. 활화산처럼 치솟은 분노를 억누르지 못하고서. 정기 검사에서 등급은 항상 바뀔 수 있다. 절대 변하지 않는 건, 피폭 등급이 높아질수록 생존 확률이 떨어진다는 사실! 그러므로 6, 7, 8등급으로 오해받으면 은연중에 산송장 취급을 당했다. 경민이 한심하다는 투로 중얼거렸다.

"하루라도 해피한 날이 없냐. 시끄럽게."

"너 필광이라면 학을 떼는구나? 전생에 둘이 원수였니?"

헤이가 깔깔거렸다. 필광을 센 척하는 놈이라며 무시하는 건 오직 경민뿐. 경민과 필광은 물과 기름이었다.

"성격 파탄자를 좋아할 리 있니? 거기다 저놈…… 수상한 짓까지 해. 요전에 봤어."

"수상한 짓?"

"어떤 할아버지한테 몰래 뭘 팔더라. 얼핏 담배인가 싶었는데……."

"담배? 그걸 어찌 구해?"

헤이가 펄쩍 뛰었다.

"어디서 후렸겠지. 남자 방에서 사람 죽을 때마다 저놈이 나서서 소지품 검사한대. 오죽하면 필광이 오케이하기 전엔 관리인을 안 부른다잖아. 어떻게 죽은 사람 물건을 탐내는지…… 구린내가 풀풀 나!"

경민의 노골적인 핀잔과 증오에 헤이가 뜨끔하였다. 자신 또한 죽은 아이의 화장품에 손을 대 왔으니까. 문득 경민이 자신의 손버릇을 눈치챘나, 의아해졌다. 경민은 교과서처럼 바른 아이다. 남의 물건에 욕심 부리지 않고 의리를 지킨다. 헤이는 경민의 그런 점이 존경스러우면서도 부담스럽다.

선경이 화장품 가져간 거 알면 나도 싫어하려나. 졸라 나쁜 년이라 욕하겠지? 헤이는 경민을 힐끔힐끔했다. 새삼 올곧은 친구의 외모가 눈에 들어왔다. 경민의 입매가 야무지고, 콧등이 기세등등 솟았다.

602호 문이 벌컥 열렸다. 흰색 유니폼의 간호사가 갸름한 얼굴을 빼꼼 내밀었다.

"얘들아."

아이들이 스위치를 끈 듯 동작을 멈추었다. 하다못해 필광도 침묵했다. 새하얀 백색은 의사와 간호사의 유니폼, 청색은 경비와 관리인의 유니폼이다. 흰색이든 청색이든 이재민에게는 하나같이 불길한 색깔. 항상 바쁜 그들은 주로 사람이 죽거나 나쁜 일이 생긴 경우에만 말을 걸어 왔다.

"오늘 수학 수업은 취소됐어. 즉시 숙소로 돌아가렴."

"왜요?"

"방금 허인우 선생님이 쓰러지셨다. 중환자실로 실려 가셨는데 위독하셔. 아마 하루를 넘기지 못하실 거다. 그리 알아."

간호사는 표정 없이 수학 선생님의 상태를 알렸다. 감정이라고는 없는 딱딱한 어투로.

"허 샘이요?"

모두 충격에 휩싸였다. 그는 이십 대로 체격이 크고 기력이 쌩쌩했다. 호탕한 성격으로 아이들에게 인기 만점. 바로 어제 남자아이들과 어울려 농구 시합까지 했거늘. 그런 그가 돌연 쓰러져 죽음을 기다린다니, 헤이는 제 귀를 믿지 못했다.

"왜 건강한 허 샘이……."

보영이 어깨를 들썩이며 흐느끼기 시작했다. 그녀는 허 샘을 유독 따랐었다.

“교실 정리하고 가라.”

간호사는 보영을 무시하고 돌아섰다. 그녀에게 허 샘은 병치레하는 숱한 환자 중 하나일 뿐이기에. 모두 충격에서 헤어 나오지 못하는지, 좀처럼 웅성거림이 가라앉지 않았다. 모두 충격에서 헤어나지 못했다. 필광이 휘릭 일어서서 쩌렁쩌렁 소리쳤다.

“샘의 등급이 뭐였죠? 그거나 알려 주세요.”

멀어지던 간호사의 발걸음이 느려졌다. 그녀는 심드렁히 대꾸했다.

“7등급. 이제 됐지? 숙소로 재깍 돌아가렴.”

“휘유!”

필광이 휘파람을 날카로이 불었다. 침통하던 분위기가 오묘하게 달라졌다. 허 샘이 7등급이라는 얘기에 교실 내 희비가 엇갈렸다. 몇몇 아이는 안도하며 제 가슴을 쓸어내렸다.

“7등급? 대박!”

“말이 되냐? 샘은 아픈 데 없었잖아.”

7, 8등급은 최악이다. 체내에 방사능이 가득 축적됐다는 의미. 심각한 신체장애가 있는 환자가 대다수 그 등급에 속한다. 사지가 굽어져 걷지 못하거나, 피부가 거멓게 괴사하는 등 병세는 가지각색이나 겉모습조차 명백히 환자다. 그러니 건강하고 유쾌했던 허 샘이 7등급이라는 게 놀라울 수밖에. 허 샘은 턱을 당기고 곧게 걸었다. 감기 한 번 걸리지 않았다. 수군거림은 차차 줄어들었다. 허 샘이 죽음을 앞뒀다는 사실을 수긍하기 시작했다.

동시에 자신의 등급이 7등급보다는 아래임을 되새기며 안도하였다.

허 샘 등급이 엄청 높았구나. 꼭 등급대로 죽는 건 아니지. 선정인 4등급이었어. 그런데도 우리보다 빨리 죽었잖아. 헤이는 여전히 혼란스러웠다. 7등급인 허 샘은 건강히 지내다가 하루아침에 쓰러졌다. 나름 깔끔한 죽음일까. 그에 비해, 선정은 고된 죽음의 과정을 밟았다. 선정은 후두암에 걸려 일주일이 넘도록 음식을 먹지 못했다. 물 한 모금만 먹어도 설사를 쫙쫙 해 대면서 40도 고열에 시달렸다. 삐쩍 마른 선정의 몸은 겨울바람에 헐벗긴 고목나무 같았다.

'제발 병동에 보내지 마. 별로 안 아파. 약 먹고 쉬면 돼.'

간호사를 부르려 할 적마다 선정이 애원했었다. 병동에 가면 죽을 일밖에 없음을 직감하고서. 마지막 2주 내내 선정은 밤마다 앓았다. 헤이는 그 신음에 얼마나 시달렸던지, 어느 날 밤에는 차라리 그녀가 어서 병원에 옮겨 가길 바랐다. 지금 생각하면 미안하고 또 미안하다.

헤이는 5등급. 이렇다 할 피폭 후유증이나 징후는 아직 나타난 적 없었다. 그래서일까. 죽음이 피부에 와닿지는 않았다. 남의 죽음은 바로 그들 코끝에 대롱대롱 매달려 있고, 나의 죽음은 산 너머에 놓인 듯 아득히 느껴졌다.

"선생님……."

보영이 계속 소매로 눈물 콧물을 훔쳤다.

“시간 벌었네. 가자.”

필광이 후딱 일어섰다. 그의 말과 행동은 곧 명령. 소년 무리가 썰물처럼 교실을 빠져나갔다. 그런데 필광이 급히 되돌아와 두꺼운 팔을 무명의 목덜미에 둘렀다.

어어 하며 무명이 비틀거렸다. 필광의 체중에 밀려 억지로 끌려갔다. 그 모습이 코에 고삐를 꿰어 끌려가는 소나 진배없었다.

그 순간, 헤이의 시선이 무명의 시선과 딱 마주쳤다. 무명은 애처로운 눈빛을 쏘아 보냈다. 구조를 요청하듯이.

미안. 난 널 구해 줄 수 없어. 기댈 생각 하지 마.

헤이는 눈을 호기롭게 치켜떴다. 도와주지 않겠다는 의사를 확실히 표현하였다. 두려움에 떨던 무명의 표정이 일순 바뀌었다. 그는 눈을 반달 모양으로 꽉 접으며 커다랗게 함박웃음을 지었다.

“어라? 꾸물거리지 마, 느림보 새꺄.”

필광이 핀잔을 주었다. 그런데도 무명은 헤이를 향해 헤헤거렸다. 상황이야 어떻든 간에 배꽃같이 하얀 헤이의 얼굴만 보면 절로 웃음이 터지는 모양이었다.

“웃을 때니.”

헤이가 혀를 끌끌 찼다. 기가 차지만 웬일인지 무명이는 두 뺨이 발그레 상기되었다.

무명이. 그는 존재 자체로 부담 백배다. 혼자 할 수 있는 게 없으니까. 헤이만 보면 주인 따르는 강아지처럼 실실거리는 꼴도

황당하다. 그럼에도 그를 미워만 할 수 없다는 것. 그 점이 헤이
를 무척 곤혹스럽게 했다.

* * *

밤 11시경. 일괄적으로 불이 꺼졌다. 소등과 점등 시간은 규칙
적이다. 이재민은 11시에 자고, 아침 6시에 깨는 홈 생활에 익숙
해져야 한다.

삐꺽삐꺽, 깜깜한 어둠 속 헤이의 옆 침대가 흔들렸다. 곧이어
경민의 음성이 나직이 들려왔다.

"자니?"

"아니."

헤이는 내리감기던 눈을 다시 말똥말똥 떴다.

"몸이 서늘해. 너랑 자도 돼?"

경민이 소곤소곤 물었다.

"응. 이리 건너와."

이제 5월 중순. 서늘하기는커녕 오히려 후덥지근해졌다. 그래
도 헤이는 흔쾌히 제 몸을 매트 끝에 붙여 경민에게 자리를 내주
었다. 싱글용 매트는 좁았다. 몸을 바짝 구겨 넣어야만 둘이 누
울 수 있었다. 둘이 찰싹 붙은 채 천장을 바라보았다. 헤이는 옆
구리로 스며든 경민의 체온을 느끼고는 입을 달싹였다.

"좁다. 매트가 작아졌어."

“우리가 커진 거지.”

“매트 붙일까?”

“청소 아줌마가 잔소리하잖아. 떼었다 붙였다 하기 귀찮아.”

경민이 이불을 당겨 두 사람의 머리끝까지 푹 뒤집어썼다. 이불 속은 포근포근 안락했다. 퀴퀴한 냄새가 좀 나긴 해도 더러운 이불 한 장으로 둘만의 비밀 공간이 생겼다.

“너 나가면, 네 침대 딴 애가 쓰겠지?”

헤이가 쓸쓸히 뇌까렸다. 경민은 실로 최고의 친구다. 평생 다신 이런 친구를 만날 수 없으리. 헤이 또한 영원히 경민의 친구로 남고 싶었다. 설사 경민이 새장 밖으로 멀리멀리 날아간다 하더라도.

끼이익. 침대 스프링이 진동하였다. 경민이 몸을 뒤척였다. 잠시 침묵하던 경민이 새로운 화제를 꺼냈다.

“네 등급. 5였지?”

“응. 우리 전부 5등급이잖아. 호철이 빼곤.”

“그렇지.”

경민이 들릴 듯 말 듯 수긍했다. 그 점이 살짝 거슬렸으나 헤이는 대수롭지 않게 넘겼다.

“아 참. 미리 일러둘게. 탈출 확정 멤버. 다섯이야.”

헤이가 움찔했다. *정말 홈을 나가는구나.* 송곳으로 쿡 찔린 듯 심장이 쓰렸다. 속상한 마음을 감추고 덤덤히 되물었다.

“왜 다섯이야? 네 명이지.”

경민, 보영, 진혁, 호철. 정해진 탈출 멤버는 네 명. 경민은 헤이 외엔 추가 인원이 없다고 했었다.

"무명이, 걔도 나가겠대."

"헐. 걸음 느린 애를 데려가다니, 미쳤어?"

헤이가 소스라치며 경민을 닦달하였다. 그 바람에 얇은 이불이 들썩거리며 먼지를 일으켰다.

"처음엔 나도 반대했는데 하도 무명이 울면서 매달리기에…… 집에 가고 싶다는데 어떡해."

경민이 자초지종을 털어놓았다.

"걔가 다리 아프다고 드러누우면 어쩌려고?"

헤이가 되레 걱정을 떨치지 못하였다. 그러자 경민이 미소를 씨이익 지었다.

"정 걱정되면 너도 가자. 네가 가면 다 해결돼. 무명이 네 말이라면 껌뻑 죽잖아. 네가 다독거려 주면 잘 참을 거야."

"걔가 왜 내 말을 듣니?"

"글쎄. 사랑의 힘이랄까."

경민의 눈살이 부챗살처럼 접혔다. 헤이를 놀리는 데 도가 텄다.

"자꾸 그럼 화낸다!"

헤이는 떨떠름히 입술을 삐죽거렸다.

"둔탱이. 무명이 널 얼마나 좋아하는데. 걘 진심이라니까. 알면서 모른 체는."

경민이 눈동자를 데굴데굴 우스꽝스레 굴렸다. 동시에 엄지와 검지로 헤이의 머리카락을 부드러이 잡아당겼다.

"네가 예뻐서 첫눈에 반했나 봐. 무명이 네 주월 위성처럼 맴도는 거 알잖아. 인기 많아 좋겠다."

경민은 주먹으로 입을 가리고 킥킥거리고, 헤이는 턱이 쭉 빠졌다. 무명과 과하도록 시선이 마주치는 건 알고 있었다. 그렇다고 무명의 순정을 받아 줄 생각은 눈곱만치도 없었다.

"바보랑 엮지 마."

헤이가 경고했다.

"알았…… 콜록!"

별안간 경민이 기침을 발작적으로 터뜨렸다.

"어디 아파?"

놀란 헤이가 상반신을 일으켰다. 이재민 중 각혈하는 사람이 부지기수. 잔기침이라도 나오면 지레 겁부터 났다. 경민이 손사래를 휠휠 쳤다.

"사레 걸렸어. 목구멍이 간질거려. 먼지가 오죽 많냐. 흐아암, 그만 잔다."

어느새 경민이 제 매트로 풀쩍 넘어가 버렸다.

"아줌마들이 주주 고모를 위로하더라. 주주가 아까…… 병동에 실려 갔대. 갑자기 경기를 일으켰대."

부스럭부스럭. 구겨진 이불을 덮으면서 경민이 속삭였다. 헤이의 눈꺼풀이 떨렸다. 이틀 전 립밤을 받고 신나서 폴짝폴짝 뛰던 주주의 모습이 아른거렸다.

"거짓말. 그 귀여운 애가……."

서둘러 이불로 입가를 틀어막았다. 말끝이 으깬 감자처럼 뭉개졌다. 주주가 가여워 눈물이 찔끔 났다. *내 화장품 실컷 만지게 해 줄걸.* 후회가 막심했다. 그 사랑스러운 아이를 이제 볼 수 없다니. 믿기지 않았다. 심장이 저렸다. 헤이는 주먹으로 제 가슴을 꾹 눌렀다. 누르지 않으면 심장이 빵 하고 터져 버릴 듯해서.

"더 조심해야 해. 애들은 피폭 영향이 훨씬 커. 성인의 열 배 정도로."

예전 홈의 의사 선생님이 경고했었다.

콜록콜록. 매일 사방의 매트에서 기침과 가래 끓는 소리가 끊임없이 이어졌다. 위독한 중증 환자는 병동서 집중 치료를 받았다. 이재민 대부분은 몸이 아파도 약만 먹으며 견뎠다. 어떻게든 오래 숙소에 남으려고 발버둥 쳤다.

콜록, 콜록, 코올록. 일단 자각하자 거친 기침과 신음이 랩처럼 들렸다. 실시간으로 사람이 죽어 가고, 헤이는 꼼짝없이 그 소리를 듣고 있었다. *기침 소리 지긋지긋해.* 헤이는 이불을 푹 뒤집어썼다. 다행히 눈꺼풀이 블라인드 줄을 내린 것처럼 무겁게 침잠하기 시작하였다. 고작 열여섯 살에 이미 죽음에 익숙해졌다는 것. 그건 그것대로 당황스럽고 서러운 일이었다. *저 콜록콜록 무리에 끼지 않을 거야. 내 몸은 아직 괜찮아.* 헤이는 우월감을 가지려 애썼다. 전에는 어서 어른이 되고 싶어 안달했건만, 홈의 어른은 딱하기만 했다. 그들은 아이들 못지않게 병에 잘 걸리고, 또 잘 죽었다. 유일한 차이점이라면 어른들은 홈을 나가려 무리하지 않는다는 정도.

잠에 취해 헤이의 정신이 가물가물해졌다. 오랜만에 생일날 꿈을 꾸었다. 정겨운 거실 풍경이 아른거렸다. 엄마가 거실에 놓아둔 달콤한 베이비파우더 디퓨저 향이 코끝을 스치는 듯했다.

"색 괜찮지? 너한테 딱이야. 우리 딸 얼굴이 훤해지네!"

엄마가 선물로 새 립글로스를 줬었다. 헤이가 바로 립글로스를 꺼내 바르자 엄마가 얼마나 좋아하던지.

"생일날은 꼭 찍어야지. 아빠가 진짜 이쁘게 찍어 줄게!"

"싫어! 내 사진 좀 찍지 말라니까. 아휴."

아빠가 즉각 폰을 들이밀었고, 헤이는 찍히지 않으려고 온 거실을 뛰어다녔다. 헤준은 기차놀이 하듯 누나 뒤를 맴돌았고, 결국 아빠의 베스트 컷은 꺅꺅거리며 고개를 돌린 누나 대신 손으로 V자를 그리고 웃는 헤준의 사진이 되었다.

엄마, 아빠 보고 싶어요. 집에 가고 싶어요. 너무너무. 근데 어떡하죠? 제가 헤준이를……

감긴 눈두덩이 파르르 떨리며 두 팔이 버둥거렸다. 어느덧 거실은 사라지고 없었다. 대신 지루한 초록 하늘이 나타났다. 오렌지색 립밤을 바른 새하얀 주주 얼굴과 해사하게 웃는 헤준 얼굴이 놓쳐 버린 풍선처럼 하늘하늘, 저 멀리멀리 날아가는 중이었다.

가지 마!

주주 입술 발라 줄걸. 우리 혜준이 얼른 찾아야 하는데…… 그
리고 엄마랑 아빠도.

시체가 옮겨졌다

이틀 후 새벽 나절.

꼭두새벽부터 헤이 눈이 팍 떠졌다. 옆 침대에 누운 경민은 세상모르고 잠들어 있었다. 헤이는 무작정 숙소를 나왔다. 발이 저절로 화장터로 향했다. 점점 발걸음에 가속도가 붙었다. 덩달아 옆구리에 멘 가방이 엉치뼈를 두들겼다. 가방은 작지만, 화장품이 꽉 차서 묵직했다. 지금의 헤이에게는 화장품이 최고 가치 있는 물건이다. 간혹, 헤준도 화장품처럼 잘 챙길걸, 하는 후회감이 절절했다.

이윽고 낯익은 거대한 굴뚝이 보였다. 헤이는 주춤주춤 더 나아가지 못하였다. 화장터 입구에서 뜻밖의 인물을 발견해서였다. 깎은 깍두기 머리에 수영선수처럼 떡 벌어진 어깨. 필광이 등을 보이고 서 있었다. 그는 화장터 출입문을 지키는 경비들과 스스럼없었다. 경비가 필광의 어깨를 툭툭 치며 장난을 걸자, 그가 굽실거리며 잘도 비위를 맞추었다.

헤이가 산책을 포기하고 돌아서던 순간이었다. 경비 중 한 명이 슬그머니 재킷을 열었다. 작고 두툼한 뭉치를 하나 꺼내 들었다. 필광은 재빨리 그걸 받아 제 점퍼의 속주머니로 쑥 밀어 넣었다.

뭘 받은 거야? 헤이가 고개를 갸우뚱하다가 새삼 경비 손에 든 곤봉에 시선을 빼앗겼다. 곤봉에 윤이 반질반질했다. 화장터 경비는 일반 경비와 똑같은 청색 유니폼을 착용한다. 다만, 화장터에서는 까만 곤봉을 들고 다닌다. 곤봉의 스위치를 켜면 소량의 전류가 흘러 사람을 기절시킬 수 있단다.

딱 한 번, 경비가 곤봉을 쓰는 장면을 본 적 있다. 그는 집에 보내 달라며 흥분하던 아줌마를 곤봉으로 제압했었다. 아줌마는 사지를 경련하다가 들것에 실려 갔다. 나중에 정신이 오락가락한 아줌마를 병원 지하에 격리했다는 소문이 나돌았다. 그 소문도 이내 시들해졌고.

홈은 참으로 미스터리하다. 아침에 눈을 뜨면 누군가 없어지고 빈자리가 덩그렇다. 그 빈자리는 곧 새로운 이재민으로 채워진다. 그렇게 플러스, 마이너스가 무한 반복된다. 사람들은 갈수록 실종에 무뎌졌다. 사람이 없어지면 으레 병들어 병동에 갔거니 하였다.

헤이는 일부러 펜스를 빙 돌아 걷기 시작했다. 산책을 계속하자 오기가 들었다. 굳이 필광의 눈치를 볼 필요가 있겠냐는.

터덕터덕. 밤이슬로 젖은 땅을 운동화 앞코로 지쳤다. 굴뚝이 조용했다. 헤이는 잠자는 굴뚝을 벙벙히 올려다보았다. 굴뚝의 그을음이 흉했다. 연기가 나오지 않는 굴뚝은 한껏 처량했다. 오랜 노동에 지쳐 떨어진 재투성이 일꾼처럼.

"야!"

별안간 뒤에서 필광이 고함쳐 불렀다. 그는 콧구멍을 벌렁거리며 헤이를 바투 따라왔다. 헤이는 영문을 모르는 표정으로 그를 마주 보았다. 필광은 주로 경민만 상대했다. 따로 말을 거는 게 처음이었다.

"왜?"

긴장감에 음성이 삐죽이 높아졌다. 필광은 경민과 숱하게 부딪히는 인물. 경민의 절친인 헤이에게도 적대적이다.

"고 싸가지 밥 말아 먹은 계집애가 내 뒤를 밟으라 시켰구나, 씨."

필광은 거친 욕설부터 던졌다.

"아닌데. 그냥 저걸 보러 온 거야."

헤이는 검지를 척 들어 굴뚝을 가리켰다. 필광이 고요한 굴뚝과 하얀 소녀 얼굴을 번갈아 쳐다보며 미심쩍은 표정을 풀지 않았다.

"저딴 걸 왜 보러 와. 구라 까지 마."

“너야말로 꼭두새벽부터 웬일. 각자 갈 길 가자.”

헤이가 쌩하게 돌아섰다. 필광과 엮이고 싶지 않았다. 예상외로 그는 끈질겼다. 헤이의 옆구리로 찰싹 붙어 왔다. 가뜩이나 쉰 목소리를 바닥으로 쫙 깔았다.

“너희 뭔가 작당하는 중이지? 참새 떼마냥 숨어 다니는 거 봤어.”

헤이는 뜨끔했으나 못 들은 체하였다. 그러자 필광이 비웃음을 쳤다.

“얼씨구. 가족이 싹 그 지랄병으로 뒈졌지만 눈칫밥으로 악착같이 살아남은 놈이 나야! 니들이 내 뒤통수를 호시탐탐 노리는 거 알거든.”

지랄병. 재수병. 등급병. 모두 피폭 증후군을 일컫는 말이다.

“어쩔. 마음대로 생각하셔.”

“그년한테 일러. 내 눈 시퍼렇게 뜨고 있으니까 허튼수작 부릴 생각 말라고.”

“몰라. 할 말 있음 가서 직접 해.”

“내 말은 씹어도 니 말은 들을 거 아냐. 근데…… 둘이 진짜 뭔 사이냐?”

빈정거리다 필광이 눈을 게슴츠레 떴다.

“둘이 딱 붙어 다니잖아. 13홈 공식 1호 레즈 커플쯤 되냐?”

두 소녀를 싸잡아 조롱하였다. 사사건건 방해하는 경민에게 쌓인 악감정을 헤이에게 터뜨렸다. 헤이의 정수리가 띵해졌다.

동시에 목 언저리에서부터 붉은 기운이 실뱀처럼 스스스 올라왔다. 설마 필광에게 저런 소릴 들을 줄이야!

경민은 확실히 듬직하고 멋있다. 비단 성별을 알 수 없는 외모뿐만 아니라 생각과 행동이 시원시원하다. 이따금 경민과 단둘이 있으면 기분이 설레곤 했다. 동경하는 아이와 친해서 우쭐하고, 자신까지 덩달아 주목받는 느낌이 드니까. 그렇다고 하필 야비한 필광에게 놀림당할 수는 없었다.

"똥 눈엔 똥만 보인다더라."

열이 뻗친 헤이가 입매를 사선으로 비틀어 올렸다.

"아후. 쪼끄만 게 입만 동동 살아서. 네 애인 단속 잘해라!"

필광은 콧김을 팡팡 쐈다. 그 모습이 성난 코뿔소를 닮았다. 무조건 앞으로만 내달리는. 필광이 씩씩대다 가 버렸다. 공룡처럼 두 발을 쿵쾅거리며.

저 자식 눈치 빤한데 경민이한테 별일 없겠지? 헤이가 걱정스레 이맛살을 접어 넣었다. 다행히 필광의 추측이 빗나갔다. 경민의 탈출 계획까진 모르는 듯. 단순히 경민이 저를 혼낼 작전을 세우는 걸로 오해하고 있었다. 힘 빠진 헤이가 발길을 돌렸다. 인간 코뿔소 때문에 상쾌한 아침 산책이 엉망이 되었다. 필광을 두고두고 원망하며 숙소로 되돌아가다가 화들짝 멈춰 섰다.

한발 늦게 심장이 펄떡거렸다. 그러고 보니 필광이 경민을 헤이의 '애인'이라고 불렀다!

* * *

병동 로비의 사망자 명단에 '허인우' 이름이 떴다. 선생님은 기어이 하룻밤 만에 돌아가셨다.

"도와줘. 허 샘한테 꼭 주고 싶은 게 있단 말이야."

비보를 들은 보영이 고집을 피웠다. 그 바람에 다 같이 병원 후문에서 얼쩡거리게 되었다. 죽은 환자는 즉시 병원 지하 장례실로 보내져 간단한 절차를 밟는다. 말이 절차지, 환자의 신분과 신체 상태를 체크하고 화장터로 내보내는 과정에 지나지 않았다.

드르르륵. 경비들이 엘리베이터에서 1인용 들것 두 개를 끌고 나왔다. 운전사가 미리 구급차를 주차하고 차 뒷문을 활짝 열었다. 시체를 실어 갈 준비였다.

"왔다 왔어!"

아이들이 몰려와 후문 입구가 북새통을 이루었다. 어른들은 죽은 사람을 보는 게 찝찝하다며 장례실이 위치한 후문에는 얼씬하지 않았다. 하지만 아이들은 겁이 없었다. 모두 눈이 초롱초롱했다. 화장터로 인계하기 전에 관리인이 반드시 사체와 서류를 확인했다. 그 순간을 목 빼고 기다리는 중이었다.

들것을 차로 끌어간 경비들이 기계적으로 시체를 감싼 하얀 보를 살짝 들췄다. 보영이 헉하며 손바닥으로 입을 틀어막았다. 오늘 화장터로 실어 갈 몸은 총 두 구. 첫 번째 들것에는 허 샘이, 두 번째 들것에는 작고 깡마른 노인이 누워 있었다.

"보지 마."

경민이 보호하듯 보영의 머리를 제 가슴팍에 찍어 눌렀다. 보영은 눈물은커녕 바들바들 떨기 바빴다. 슬픔을 뛰어넘는 충격과 공포가 곱절로 덮쳤다. 허 샘의 모습은 참담했다. 살아생전 준수했던 모습이 온데간데없이. 특히 얼굴이 반쪽짜리 광대 가면을 쓴 듯 비대칭으로 비틀어졌다. 강제로 감긴 눈두덩이에서 평화로움은 일절 찾아볼 수 없었다. 최후까지 고통스러워하다 숨을 거뒀으리라.

저렇게 되긴 싫어. 헤이의 가슴에 뜨거움이 울컥 치솟았다. 허 샘의 모습이 곧 닥쳐올 본인의 미래로 느껴졌다. 내일 당장이라도 저 차가운 들것 위에 누울지 모른다고 상상하면 손발이 후들거렸다.

이골이 나도록 홈의 시체를 봐 왔지만 아는 사람의 죽음은 항상 감당키 어려웠다. 며칠 전까지 건강하던 사람이 단숨에 구겨진 종잇장처럼 변하다니. 인간의 나약함에 치가 떨렸다.

관리인은 무감정하게 작업했다. 일일이 얼굴과 태그를 체크하고 서류에 사인하였다. 시체의 팔다리를 차례로 들어보고, 체온을 측정했다. 그때마다 들것의 바퀴가 삐거덕거렸다.

"완전히 꼬부랑 할아버지야. 백 살은 됐겠다."

"모르지. 피폭 부작용으로 조로증 걸린 사람 있댔어."

술렁거리는 대화를 엿듣고 헤이가 경민에게 물었다.

"조로증이 뭐야?"

딴 목소리가 끼어들었다.

"몸이 일찍 늙는 병. 조기 노화증이라고 하는데…… 희귀병이야. 비정상적으로 세포분열이 빨라진 거지."

양 샘이었다. 평소 친하게 지내던 허 샘을 배웅하러 나왔다.

"저 할아버지도 조로증인가요?"

헤이의 질문에 양 샘이 머리를 털레털레 저었다.

"아닐 거야. 저 할아버지. 우리 홈에 들어왔을 때랑 같아."

"언제 들어왔는데요?"

"서너 달 전쯤. 하여간 노화증은 무서운 병이야. 꾸준히 진행되고 완치약이 없어. 설사 정체기가 있대도 이런 여건에선 얼마 못 버텨. 몇 달 정도면 티가 확 나. 아무튼 저 할아버진 아냐."

"저분 처음 봐요. 난 사람 얼굴 잘 기억하는데……."

경민이 턱을 모로 기울였다.

"할아버지 거동이 힘드셔서 병원에만 계셨어. 간호사가 식사를 호스로 넣어 주고."

양 샘은 수업을 준비하느라 병원 사무실을 들락거려서인지 병원 사정에 꽤 밝았다.

"병들었다고 바로 죽이진 않는군요. 저 할아버지 병원서 대충 처리해도 아무도 모를 건데. 적어도 알아서 죽을 시간은 주네요. 고맙게도."

헤이가 빈정대는 어조로 중얼거렸다.

"말이 심하구나. 사람은 물건이 아냐."

양 샘은 불신에 찬 제자를 애처로이 응시하였다. 체념한 듯한 숨을 연거푸 쉬었다.

"나도 사람답게 죽고 싶구나. 제발이지."

확인 과정이 짤막하게 끝났다. 다시 허 샘과 할아버지의 머리 끝까지 흰 천이 덧씌워졌다. 천으로 감싼 시체가 차 안으로 옮겨지자 운전사가 바삐 운전대를 잡았다.

"잠깐만요!"

때마침 보영이 날쌔게 튀어 나갔다. 두 손에 꼭 쥐고 있던 물건을 관리인에게 내밀었다. 핸드크림이었다. 비닐 포장도 뜯지 않은 새것. 용기에는 장미꽃이 성글게 그려졌다. 보영이 무척 아껴 둔 물건임이 틀림없었다.

"허 샘 화장할 때 함께 넣어 주세요. 부탁드려요, 아저씨."

보영이 이마가 허리에 닿도록 조아렸다. 헤이와 경민은 깜짝하여 서로를 쳐다보았다. *정말로 허 샘을 좋아했구나.* 보영이 허 샘 애기를 하면 흘려들었건만 새삼 미안해졌다.

"음. 알겠다."

경비원이 핸드크림을 받아서 주머니에 쏙 넣었다. 그는 데면데면 돌아섰다. 아이의 부탁을 그다지 애틋이 여기지 않는 낌새. 헤이는 그 무심함이 못내 아쉬웠다.

"잘 가세요, 선생님."

양 샘이 두 손을 기도하듯 모으고 작별 인사를 하였다. 그때였다. 경민이 입을 헤이의 귓불에 바짝 대었다.

"이번 주 금요일. 우리. 그날 홈을 나갈 거야."

*　*　*

아침 겸 점심 식사를 마치고 함께 화장터 굴뚝을 보러 갔다. 다들 말없이 걸었다. 허 샘 시체를 보고 혼이 쏙 빠졌다. 도착하자 헤이가 넓적한 돌을 찾아 주저앉았다. 가방을 열어 화장을 고치기 시작했다. 그래야 싱숭생숭한 마음이 풀어질 듯해서. 하늘은 여전히 녹색. 굴뚝에서 잿빛 연기가 하염없이 모락모락 피어올랐다. 뭔가를 바삐 태우는 중이었다.

"저 연기…… 허 샘일까."

보영이 음울히 뇌까렸다.

"화장터서 사람만 태우는 건 아냐. 우리 이불과 물건. 낡으면 수거해서 한꺼번에 태우지."

진혁이 안경을 벗었다. 그는 티셔츠 자락으로 안경을 뽀드득 소리가 나도록 닦았다.

"탈출구는 저기밖에 없어. 저쪽이 가장 허술해."

경민이 의미심장한 턱짓으로 화장터를 가리켰다.

"화장터에서 밖으로 나가는 길, 있어?"

진혁이 닦은 안경을 고쳐 썼다.

"응. 트럭이 오가는 후문이 있대. 금요일에 화장터로 잠입해서 밖으로 토껴야지. 트럭 훔쳐 타면 더 좋고!"

탈출 계획을 읊조리며 경민이 흥분했다. 금요일마다 화장터에 쌓인 재와 쓰레기들을 트럭에 실어나갔다. 화장터 재가 양껏 쌓일 때면 트럭이 하루에 두어 번 왕복하곤 했다. 고로, 금요일에 화장터 후문이 오래 열려 있다. 빨간 헬리콥터가 오는 날도 금요일. 헬리콥터가 와서 울타리에 전기가 꺼지면, 울타리를 지키는 경비들도 헬리콥터에서 식량과 생필품을 옮기느라 경비가 소홀해질 터다. 그 틈에 화장터를 통해 밖으로 탈출해야 한다.

이론상으로 경민의 계획이 그럴듯하다. 이래저래 금요일이 적기다. 울타리와 화장터 후문이 동시에 열리는 날은 그날뿐이니까.

"그렇게 빨리? 더 확실한 탈출 방법을……."

신중한 성격의 진혁이 슬며시 반기를 들었다. 벌써 화요일. 금요일까지 사흘이 채 남지 않았다.

"됐어. 빨리 나가자고!"

호철이 신경질적으로 악다구니를 쳤다. 요즘 그의 컨디션이 급격히 나빠졌다. 안색이 파리하고, 목에서는 그르렁그르렁 가래가 끓었다. 목과 팔에도 작은 종기가 오돌토돌 번졌다.

"너 괜찮겠냐."

진혁의 눈동자에 걱정이 비쳤다. 그러자 호철이 목에 핏대를 굵게 올렸다.

"말짱해. 난 기어서라도 나갈 거야. 여기서 개죽음당하진 않을 거다."

“꼭 데려갈게. 염려 마. 일단 병원 가서 약을 타 놔. 컨디션 나빠지지 않게 관리해.”

경민이 살갑게 위로했다. 엉덩이를 들썩거리던 호철이 금세 얌전해졌다. 그는 안도하며 빙긋이 웃었다. 경민은 결코 거짓말을 하지 않으니 믿을 수 있었다.

전기 울타리가 꺼졌다. 또 켜졌다

"가방 싸 뒀어. 그린비타민 잔뜩 모아 뒀어."

보영 역시 적극적으로 나섰다. 허 샘이 죽은 홈에 더는 미련이 없었다.

"작전대로 될까?"

여전히 진혁은 고심하는 기색이었다.

"타이밍만 잘 맞추면 돼. 우린 펜스 앞에서 대기하다 헬리콥터가 오는 게 보이면 열나게 뛰는 거야. 화장터로 들어가서 후문만 찾으면 만사 오케이지!"

"우리 없어진 거 들키면?"

"배식 한두 끼 건너뛰어도 체크 안 하잖아. 이틀 정도는 우리 없는지 모를걸."

경민은 자신감에 찼다. 숙소의 각 방장이 소등 전에 인원을 체크하는 게 원칙이다. 현재 여자 방 방장은 통통한 삼십 대 아줌마. 그녀는 게을러서 늘 형식적으로 일했다. 그마저도 자주 생략해 버렸고.

경민이 울타리 옆 무성한 덤불로 성큼성큼 걸어가서 섰다. 덤불은 잔가지가 얼기설기 엮여 아이들 가슴께만큼 자랐다. 초봄에 싱그럽게 파릇파릇했던 잎들이 바싹 마른 황색으로 변했다.

"이쯤이 좋겠다. 목요일 밤 각자 짐을 이곳에 숨겨 놔. 간식이랑 물이랑 미리 갖다 두고. 금요일에 밥을 먹자마자 모여서 헬리콥터 오길 기다리는 거야. 참, 무명이한텐 내가 일러둘게."

모두 경직된 표정으로 고개만 주억거렸다. 정말로 홈을 나갈 때가 다가왔구나, 실감하고 신경이 예민해졌다.

"외갓집 가는 길 알아?"

보영의 눈빛이 초조했다.

"응. 방학 때마다 은양산 왔거든. 대로까지만 가면 어떻게든 찾아갈 수 있어."

"도중에 물이나 먹을 게 떨어지면 어쩌지?"

"부족한 건 현장에서 조달해야지. 설마 굶어 죽기야 하겠어? 빈집이 얼마나 많은데."

"물이 오염됐음?"

"홈에서 수돗물 먹잖아. 같은 지역이니까 괜찮겠지."

진혁와 보영이 바통터치 하듯 꼬치꼬치 캐물었다. 경민은 어떤 질문에도 당황하지 않고 조목조목 답했다. 덕분에 어둡던 아이들 낯빛이 형광등처럼 밝아졌다.

"나 먼저 간다."

잠자코 듣고 있던 헤이가 홀로 일어섰다. 걸어가는데 뒤통수가 간질간질했다. 끈질기게 쳐다보는 경민의 시선이 느껴졌다. 숙소로 향하던 헤이가 돌연 멈칫했다. 실종자 게시판 앞에 무명이 덩그러니 서 있었다.

"너! 진짜 홈에서 나갈 거냐?"

헤이가 다짜고짜 물었다.

"나…… 집. 집에."

어눌한 말투에서 또렷이 들리는 단 하나의 단어, 집! 무명 또한 간절히 귀향을 꿈꾸고 있었다.

"몇 살인지 기억도 못 한다며. 부모님 이름 알아? 전화번호는? 주소는?"

경민이 걱정되는 마음에 헤이가 윽박질렀다. 궁지에 몰린 무명이 이로 손톱 끝을 잘근거렸다. 헤이를 응시하는 눈빛만은 무척 따스하였다.

"집에, 가자, 누나."

그가 손을 뻗어 헤이의 어깨춤을 잡았다. 무명의 눈동자가 촉촉하였다. 하고 싶은 말이 많은 듯이. 하지만 서투른 그는 말보다 손이 먼저 나갔다. 헤이가 반사적으로 밀치자, 무명은 풀이 팍 죽었다. 밀쳐진 손을 허공에 어정쩡히 쳐들고 있었다.

"니 이름. 무명 말고 거머리로 바꿔라. 너 졸라 싫어."

싫다는 말이 제대로 전달되었는지 무명은 제 손을 수습하지 못하고 퍼덕거렸다. 헤이의 매서운 눈길을 피해서 목을 자라처럼 접어 넣었다. 맥이 빠진 헤이가 제풀에 돌아서 버렸다.

어느새 뒤쫓아 온 경민이 굳은 얼굴로 서 있었다.

"무명인 이름이 없어. 원래 이름을 기억 못 해. 그래서 사람들이 무명이라 부르는 거야. 없을 무, 이름 명. 한자로 무명. 이름이 없단 뜻으로."

표독스럽던 헤이의 얼굴에 당혹감이 서렸다. 무명이 이름 없는 '무명(無名)'일 줄이야. 미처 알지 못했다.

"차라리 나한테 화내. 혼자 남겨질까 봐 무섭지? 그래서 심술 부리는 거잖아."

경민의 말투가 뚝뚝 끊어졌다. 정곡을 찔린 헤이는 그저 입매를 굳혔다. 한편으로는 억울했다. 졸지에 힘없는 친구를 괴롭히는 성질 못된 아이가 되어 버렸다.

"무명이 말고 나랑 얘기하자."

경민이 화를 누그러뜨리고 친구의 팔꿈치를 잡았다. 경민이 무슨 제의를 할지 헤이는 바로 알아차렸다.

"안 나가. 여기서 엄마 아빠 기다릴 거야. 그러니까…… 탈출의 '탈' 자도 꺼내지 마."

"헤이."

"어차피 떠날 거면, 빨리 가 버려. 가!"

헤이는 경민의 팔을 모질게 뿌리치고 잰걸음으로 무작정 내달렸다. *너무해. 무명이만 챙기고. 혼자 남는 난 어쩌라고. 너도 글렀어. 친구 아냐!* 눈시울이 왈칵 붉어졌다. 경민에 대한 걱정과 섭섭함이 소용돌이쳤다. 경민도 더는 헤이를 쫓지 않았다. 그저 눈을 가늘게 떴다. 멀어지는 친구의 등을 아련히 응시하였다.

* * *

목요일.

둘이서 삐걱거린 게 화요일. 그날 이후로 어색해졌다. 여태 나란히 앉아서 밥을 먹고 잠을 자지만, 딱히 대화를 나누진 않았다. 둘 사이에 보이지 않는 두꺼운 투명막이 세워졌다.

탈출 멤버들은 거사를 앞두고 동분서주하였다. 식사 시간 이외에는 저들끼리 몰려나갔다. 아예 저물녘까지 돌아오지 않았다. 따라서 헤이 혼자 있는 시간이 늘어났다. 속이 허해질수록 화장에 더욱 몰두하였다. 오래 공들여 속눈썹을 붙이고, 분을 짙게 발랐다. 무아지경으로 화장하는 동안에만 내일로 다가온 경민의 탈출을 잊을 수 있으니까.

때때로 여자 방 아줌마들이 헤이를 향해 수군거렸다.

"어린 게 화장 떡칠이네. 세상 돌아가는 걸 모르고. 계집애가 발랑 까져서, 쯔쯧."

헤이는 발끈하려다 체념했다. 평소라면 욕을 듣자마자 싸움닭처럼 대들었겠지만 경민이 곁에 없으니 움츠러들었다. 벌써부터 단짝 친구의 빈자리가 헛헛했다.

가시방석이 된 헤이는 엉덩이를 털고 일어나 숙소를 터덜터덜 빠져나갔다. 두 발이 자석에 이끌린 듯 울타리로 향하였다. 정처 없이 배회하던 헤이는 고독한 발길을 덤불로 돌렸다. 애들이 벌써 가방을 숨겨 놨을까, 문득 궁금했다.

부스럭. 헤이는 손으로 덤불을 헤쳤다. 시든 이파리들 외는 없었다. *가긴 가는 건가. 준비가 허술하네.* 심술궂게 입술을 지분거렸다. 실망감 반, 안도감 반이다.

사실 경민 무리는 계획을 살짝 바꾸었다. 소등 직전까지 덤불에 아무것도 갖다 놓지 않기로 말이다. 혹시 경비 눈에 발각돼서 탈출이 무산될까 싶어서. 오직 헤이만 변경된 계획을 듣지 못했다.

그때였다. 엉킨 잔가지에 걸린 주머니가 하나 보였다. 갈색 가죽 주머니. 덤불 색이랑 비슷했다. 자세히 보지 않으면 눈에 띄지 않았다. 호기심에 헤이가 팔을 최대한 뻗었다. 쉽게 주머니를 낚아채었다. 주머니를 죈 끈을 풀었다. 내용물은 작고 동그란 알약들. 그린비타민이겠거니 하며 한 알을 집어서 달빛에 비쳐 보았다.

예상이 완전히 빗나갔다. 지긋지긋한 초록색이 아니었다. 바둑알처럼 새까만 알약이었다. 놀라서 알약을 이리저리 만지작대며 관찰했다. 알약은 딱딱하고, 번질번질했다. 느낌이 썩 좋지 않았다. 기름칠한 듯 반들거리는 표면이 웅크린 벌레의 등딱지 같았다.

"그거 만지지 마!"

갑자기 필광이 고함을 내지르며 헐레벌떡 달려왔다. 사색이 된 채 펄쩍펄쩍 뛰어다니는 반응이 예사롭지 않았다. 중요한 걸 들켜서 제 발 저린 도둑처럼.

"이거 무슨 약이래."

눈치 빠른 헤이가 가죽 주머니를 꽉 움켜쥐었다. 지난번에 필광이 화장터 경비들과 접촉하던 장면이 기억났다.

"살고 싶음 모르는 게 나아. 이리 내놔!"

필광은 콧김을 풍풍 뿜으며 돌진하였다. 까딱하면 헤이의 가는 손목을 부러뜨릴 기세로.

"뭔 약이야? 가르쳐 주면 돌려줄게. 그 전엔 절대 못 줘."

헤이는 민첩히 그를 피해 도발하듯 그를 째려보았다. 화가 난 필광이 두 주먹을 불끈 올렸다. 주먹 크기가 어마어마해 헤이의 두 배는 족히 넘었다.

"맘껏 쳐 봐. 손가락 하나 건드렸다간 봐. 동네방네 니가 마약을 숨겨 놨다고 까발리고 다닐 테니까!"

헤이의 협박에 그의 눈동자가 좌우로 흔들렸다.

"빨리 털어. 뭔 약인지 알려 주면 입 다물게."

"진짜지?"

마지못해 필광이 주먹을 내렸다. 그러고도 거듭 다짐을 받은 후에야 입을 뗐다.

"그거 비타민이야. 블랙비타민."

헤이가 속눈썹을 깜빡거렸다. 블랙비타민? 평생 들어 본 적 없었다.

"이름만 비타민이지 실은…… 수면제야."

"수면제?"

"초강력 수면제. 자면서 죽는 약."

"헐, 거짓말!"

"농담 아냐. 그걸 입에 몽땅 털어 넣으면 편히 갈 수 있어. 천당에."

될 대로 되라는 듯 필광이 의기양양 맞받아쳤다. 소스라친 헤이가 그만 주머니를 떨어뜨렸다.

"재수 옴 붙었네. 여자한테 걸리고."

필광은 잽싸게 주머니를 주워 능청스레 흙을 툭툭 털어 내었다. 경비원들은 밖에서 구해 온 블랙비타민을 덤불에 숨겨 두었다. 그러면 필광이 밤에 블랙비타민을 찾으러 왔다. 장물을 주고받기에 펜스 근처가 적소. 다른 사람은 전기 울타리와 화장터가 불쾌하다며 이곳에 얼씬하지 않았다.

"너, 너 전에 아저씨들한테 돈, 돈 주고 산 게……."

헤이가 더듬거렸다.

"그래. 화장터 직원들이 구해다 줘. 그치들 돈 말고도 금, 보석, 값나가는 물건은 죄다 받아. 아, 내가 먹으려는 건 아냐. 푼 돈 받고 심부름할 뿐이지."

"세상에. 제정신이니?"

헤이가 떨리는 음성으로 대들었다. 이 까만 알약을 복용하면 죽는다니. 차라리 필광이 일부러 겁주려 한 거짓말이길 바랐다.

"씨, 사람들이 자꾸 부탁하는데 어떡해. 허 샘이랑 실려 간 할아버지 있지? 그 사람 블랙비타민 구해 달라며 나한테 애걸복걸했어. 금목걸이까지 풀어 주더라."

필광은 자랑스레 모험담을 줄줄 풀어내었다.

"아무리. 그건 나빠. 살인이야. 살인!"

헤이가 절망감에 압도당해 눈물을 글썽였다. 13홈에 유일하게 남은 희망이 죽음뿐이구나, 분명히 깨닫는 순간이었다.

"나빠? 그 할아버지가 원한 거야. 이왕 죽을 거 편히 죽겠다는 게 뭐가 나빠? 내가 이걸 주면 다들 도와줘서 고맙다며 좋아했어. 한 사람도 빠짐없이!"

필광이 눈알을 댕그랗게 치켜떴다. 블랙비타민 브로커로서의 자부심이 대단했다.

블랙비타민. 기본은 수면제라고는 하나, 정확한 성분을 알 수 없이 조악했다. 암암리에 어둠의 경로를 통해 번지더니 최근 지상 최고의 자살 약으로 악명을 떨치는 중이었다. 오랜 경기침체로 가뜩이나 불안정했던 사회는 원전 사고와 방사능 피폭으로 인하여 뿌리까지 흔들리고, 자살자가 나날이 증가하는 추세. 블랙비타민이 그 절망적 분위기에 한몫 더하고 있었다. 마침내 홈에까지 블랙비타민이 돌고 죽음만 기다리던 환자들은 블랙비타민을 구세주처럼 여겼다.

필광은 우연히 중병에 걸린 아저씨와 친해졌다. 그 아저씨는 사지가 마비돼 병동에 누워만 있었다. 그는 필광에게 블랙비타민을 구해 달라고 부탁했다. 필광은 그의 전 재산인 돈과 패물을 경비원에게 건네주고, 경비원이 바깥서 구한 블랙비타민과 교환하였다. 아저씨는 소원대로 다음 날 블랙비타민을 먹고 눈을 감았다. 그 일로 환자들 사이에 블랙비타민에 관한 소문이 나돌기 시작했다. 돈맛을 본 필광은 거절하지 않고 심부름을 계속하였다. 블랙비타민을 복용한 환자들이 조용히 숨을 거두었다. 간혹 의식불명에 빠져 중환자실로 옮겨졌으나 결국 운명을 다했다. 정말 블랙비타민 탓에 죽었는지, 아니면 증세가 악화해 숨진 건지 그건 누구도 모를 일이었다.

필광은 끝까지 음침한 눈빛과 차가운 말투로 헤이를 겁박하였다.

"입 꽉 다물어. 니가 입 열면 나도 열 테니까. 너희 내일 홈에서 튀려는 거 말이지."

"무슨 얘긴 줄 모르겠어."

뜨끔한 헤이가 시선을 회피하였다. 그 서투른 연기에 필광이 키득키득하였다.

"역시. 내 촉이 맞았군. 진혁이랑 호철이 자식 몰래 짐을 싸더라고. 첨엔 내 뒤통수치려 작당하나 했더니, 여길 뜨려는 중이더

라. 위에 일러 점수나 따 볼까? 여기가 땅굴이라면 밖은 지옥이야. 현실은 쥐뿔도 모르고. 머리 나쁜 것들, 참 불쌍타."

"저딴 거 먹는 것보단 나아."

헤이가 기어들어 가는 목소리로 발끈했다.

"순진하긴. 방사능 등급법이 통과된 게 언제냐. 13홈 인간들, 전신 세포가 망가져서 아무짝에 못 쓰는 핵폐기물이야. 설사 가족을 찾아봤자 우리 고 등급자들은 허가 없인 한 발짝도 못 움직여. 알긋냐."

필광이 이를 빠드득 갈았다.

"싫어. 당장 죽더라도 하고 싶은 건 하다 죽어야지!"

헤이는 끝까지 맞섰다. 친구인 경민을 대신해서. 필광이 묘사하는 현실은 까맣게 먹칠한 도화지나 마찬가지였다. 줄 하나 그을 수 없는.

"하고 싶은 거? 내 꿈은 축구선수였어. 매일 운동장에서 온종일 지쳐 쓰러지도록 뛰었지. 근데 다 좆 났어. 꿈, 미래? 13홈엔 없어. 유일한 희망은 방사능 등급을 낮춰서 정식으로 여길 나가, 안전도시로 들어가는 것뿐이야. 당장은 아니지만, 검사해서 신체 등급이 2등급 이하로 떨어지면 가족 없어도 홈에서 나갈 수 있게 바뀐대. 관리인이 그랬어. 이게 날 도와줄 거야!"

필광이 블랙비타민이 든 주머니를 트로피처럼 높이 흔들었다. 등급을 낮춘다니. 헤이의 눈동자가 똥그래졌다.

"바깥에 블랙비타민만 있는 게 아냐. 방사능 독을 빼 주는 정화액이 있어. 정품은 아니래도 효과 본 사람 있대. 정화액은 어마하게 비싸서 블랙비타민을 많이 팔아야 해. 나 악착같이 돈 모아서 정화액 먹고 당당히 홈을 나갈 거야. 안전도시 주민이 될 거라고!"

헤이의 말문이 막혔다. 방사능 수치를 낮추는 정화액이라니. 허무맹랑하게 들렸다. 돌아서려던 중에 불현듯 필광의 눈동자가 번뜩였다. 소녀를 측은히 응시하며 덧붙이길.

"혹시…… 너도 요거 필요하면 불러라. 특이체질 빼곤 몇 알만 먹어도 돼. 죽기 좋아. 엄마 금반지 없냐? 아빠 시계나. 금이빨도 받아. 금값 올라서 금딱지 우대하거든."

"없어. 하나도 없어."

헤이는 서글픈 눈길로 필광을 응시했다.

"그래? 그럼 그냥…… 천천히 죽어. 아주 천천히."

필광은 죄책감이 일절 없었다. 오직 자신의 방사능 등급을 낮추어 안전도시로 입성하겠다는 맹목적인 목표에 눈이 뒤집혀 있었다. 실제로 존재하는지 알지조차 못하는 비싼 정화액을 사기 위해서 남의 죽음을 팔고 있었다.

* * *

다음 날 아침. 대망의 금요일이 밝았다.

피로한 낯빛의 헤이가 포크로 콘샐러드를 휘적휘적 뒤적였다.

머릿속이 먹구름 낀 듯 부옜다. 어젯밤 한숨도 자지 못했다. 필광의 블랙비타민으로 인한 충격 때문이다. 새삼 홈의 모든 것이 증오스러웠다. 녹색 하늘, 지저분한 침대 매트와 이불, 초록 곰팡이 핀 화장실 세면대, 하다못해 이 윤기 없는 기다란 밥알까지. 전부 빛을 잃고 퇴색하였다. 더불어 홈의 사람들 또한 빛을 잃어 가고 있었다. 핏기를, 인간성을, 매일 조금씩 조금씩.

"콜록."

맞은편 호철이 발광하듯 기침을 터뜨렸다.

"약 먹었어?"

"당연. 피부과서 약이랑 크림 타왔어. 두둑하게."

호철은 누런 이를 내보이며 웃었다. 나머지 아이들이 걱정스레 그를 관망하였다. 괜찮느냐는 위로가 나오질 않을 만큼, 호철의 상태가 괜찮지 않았다. 밤새도록 긁었는지 피부가 상처투성이였다. 손등에 하얀 반점이 듬성듬성 생겼다. 콧볼과 입술이 땡땡 부어올랐다. 불과 하루 만에 증세가 몇 배로 심해졌다. 밥을 먹는 중에도 호철은 무의식적으로 팔을 벅벅 긁어 댔다.

피부가 얼룩덜룩해. 은진 언니랑 똑같잖아.

헤이가 어깨를 부르르 떨었다. 호철에게서 한기가 느껴졌다. 보영과 진혁이 시무룩하게 숟가락을 놓았다. 경민이 사기가 떨어진 친구들을 독려하였다.

"배고프면 달리질 못해. 오늘 강행군이 될 거야. 먹어 둬."

헤이가 대뜸 식판을 들고 일어섰다. 잠깐 두 소녀의 시선이 쨍

하고 부딪혔다. 경민이 황급히 맞붙은 시선을 끊어 냈다. 헤이
또한 냉담히 돌아섰다.

꽈아당!

불현듯 의자가 쓰러졌다. 호철이 식판을 들고 일어나다 말고
픽 고꾸라진 거다. 통조림 콩들이 붉은 우박처럼 쏟아져 내렸다.
그의 옷까지 벌건 콩물이 번져 갔다. 경민과 진혁이 부리나케 친
구를 부축했다. 호철이 몸을 가누지 못하고 두 눈이 하얗게 까
뒤집혔다. 벌어진 잇새로 거품이 부글부글 흘러나왔다.

"으으……."

호철은 사지를 파닥파닥 경련했다. 헤이의 등골이 오싹했다.
뻣뻣해진 팔과 다리를 일정한 간격으로 떠는 친구의 모습이 흡
사 고장 난 로봇, 혹은 배터리가 떨어진 낡은 장난감 같았다.

삐이익.

머잖아 경비들이 호각을 불며 달려왔다. 경민의 안색이 파리하
게 질렸다. 까딱하면 탈출이 무산될 지경. 경비들이 신속히 호철
을 처리했다. 구급차가 득달같이 식당 앞에 도착하여 그를 실어
나갔다.

"일단 따라가 보자."

함께 우르르 병동으로 몰려갔다.

"미치겠네."

경민이 짧은 머리칼을 쥐어뜯었다. 응급실은 출입 금지. 로비에

덩그러니 앉아서 기다리고 있으나 호철은 나올 기미가 없었다.

"지금 자가 호흡이 안 되는 상태야. 중환자실로 옮겨졌어. 기다리지 말고 숙소로 돌아가렴."

응급실을 나온 간호사가 알려 주었다.

"중환자실요?"

진혁이 폴짝 뛰었다. 한번 중환자실에 들어가면 면회조차 불가능했다. 모두 비통에 젖었다. 이리 급작스럽게 친구와 생이별할 줄 몰랐다. 다 같이 떨어지지 않는 발걸음으로 병원을 나섰다.

헤이가 무심코 로비를 돌아보았다. 로비가 한산했다. 안내 데스크의 간호사와 로비에 설치된 TV를 시청하는 환자들 두엇뿐이었다. 홈의 TV에서는 주로 고전 영화와 만화 등이 방영된다. 주로 원전 사고 전에 상영된 것들로, 영상 대부분이 사랑 얘기나 코미디로 국한되었다. 정치나 사회, 혹은 재난 상황을 떠올리게 만드는 민감한 소재들은 철저히 배제되었다.

이상해. 블랙비타민이 공공연히 나도는 정도라면 사회가 완전히 마비된 건 아닐 텐데. 왜 우린…… 고릿적 영화만 봐야 하지? 혹시 우리가 실정을 모르도록 일부러 차단한 건가? 방치하는 주제에 CCTV는 왜 달아 놨지? 뭘 감시하려고?

의문이 강렬히 치솟았다. 전기 울타리, 제한된 TV 채널, 미리 조리된 가공 음식, 무질서한 실종자 게시판, 고압적인 병원 체제. 이제껏 당연하게 받아들였던 홈의 모습이 묘하게 어그러져 보이기 시작했다.

홈은 *과연 정상일까?* 정상이라 믿었던 게 비정상일지도. 그림을 뒤집으면 비정상적인 것을 싹 그러모아 놓은 장소가 홈일지도.

"이딴 게 집이라니. 싫다 싫어."

헤이는 앙칼지게 혼잣말하였다. 분노가 머리꼭지까지 치밀었다. 헤이는 충동적으로 발길을 휙 돌렸다. 안내 데스크를 지나쳐 곧장 직진했다. TV와 CCTV에 대해서 대머리 아저씨에게 물어보자 싶었다. 그 생각에만 꽂혀서 용감하게 1층 안쪽 보안실로 향했다. 대머리 아저씨는 최근에 홈에 들어온 직원이다. 보안실 담당자 중 한 명으로 홈에서 그나마 친절한 어른에 속한다. 그는 종종 병원에 온 아이들에게 잠바 주머니에서 알록달록한 알사탕을 꺼내어 주고는 했다. 헤이도 알사탕을 두 번이나 받아먹었다.

헤이는 '관계자 외 출입 금지' 표시가 달린 문을 기웃기웃하였다. 웬일로 문이 조금 열려 있었다. 눈을 딱 감고 밀고 들어갔다. 그러나 아저씨들 말소리에 놀라서 순간적으로 몸을 기둥 뒤로 숨겼다. 대화가 두런두런 한창이었다.

"부장님, 내년부턴 안전도시 출입증이 3등급까지 허가로 바뀌잖아요. 홈에 왜 안내가 없죠?"

"허허, 교육에서 못 들었나. 여기선 바깥 이야기 절대 금지야. 확실한 대책이 없는데 행여 이재민까지 소동을 일으키면 곤란해. 안 그래도 시민들 데모로 당국이 골머리 앓고 있잖아."

"좋은 소식은 괜찮지 않나요? 서울 친구 말론 안전도시 허가 등급이 낮아졌다고 정화액까지 덩달아 인기몰이라네요."

"매번 뉴스에 정화제라면서 수돗물 흙탕물 팔다가 걸린 사기꾼들 보고선 또 속나, 쯧쯧."

"새로운 소식을 제공해야죠. 이재민도 힘이 날 텐데요."

"13홈은 어차피 가망 없어. 치료제가 전혀 없는데 무슨 수로 방사능을 씻어 내. 나야말로 불안해 미치겠구먼. 4등급부턴 홈 일자리밖에 없으니 울며 겨자 먹기로 여기 왔지. 전출 신청만 통과되면 당장 딴 데로 갈 거야. 자네도 의무 기간 끝나면 바로 전출 신청 해."

두 사람의 대화를 한 단어도 놓치지 않으려 헤이가 귀를 쫑긋 세웠다. 안전도시 3등급. 정화제 사기꾼. 홈은 4등급 일자리. 의무 기간. 시민 데모. 새로운 이야기를 들을수록 정신이 말똥말똥해졌다. 적어도 진실 한 가지는 알게 됐다. 13홈 바깥에서 많은 일들이 일어나고 있으며, 어쩌면 아주 작은 희망의 신호일지 모를 그 일을 3미터 10센티의 벽이 철저히 가로막고 있다는 진실 말이다. 경민이 옳았다. 홈을 나가야만 자기 눈으로 정확히 미래를 볼 수 있었다. 무엇보다 경민이 아직 모르는 얘기들을 어서 알려 주고 싶었다. 화르르. 헤이의 심장이 용광로에 덴 것처럼 뜨겁게 달구어졌다.

* * *

“서두르자. 빠르면 30분 내로 헬리콥터 올 거야. 헬리콥터는 금요일마다 같은 시간에 도착해.”

경민이 손목시계를 힐끗거렸다.

“호철이 어쩌지.”

보영이 주저하였다.

“호철이처럼 되기 싫어서라도 나갈 거야. 흠, 무서운 사람은 빠져. 괜찮아. 난 혼자서 갈 테니까.”

경민은 흔들리지 않았다. 쓰러진 호철로 인하여 탈출 결심이 한결 확고해졌다.

“남자가 칼을 뽑았음, 무라도 썰어야지. 난 무조건 뜬다.”

진혁이 호탕하게 동조하였다.

“할 수 없지. 짐 다시 싸기 귀찮아. 가야겠는걸.”

기어이 보영이 수긍하며 은은한 미소를 머금었다.

“얼른 준비하자. 타이밍 놓치면 끝이야.”

짐을 챙긴 세 사람은 의기투합해 달리기 시작했다. 화장터를 향하여. 당장 헬리콥터가 도착할까 몹시 초조해졌다. 셋은 한달음에 전기 울타리에 도착했다. 아직 녹색 하늘은 텅 비었다. 헬리콥터가 날아올 낌새는 없었다. 경민이 허리를 굽히고 가쁜 숨결을 헉헉 토해 냈다. 가방을 멘 무명이 절뚝절뚝 다가왔다. 그는 경민이 당부한 대로 일찌감치 울타리로 와서 기다렸다.

"귀여운 자식."

안심한 경민이 등줄기를 곧게 폈다. 무명의 머리를 살살 쓰다 듬어 주었다.

"누나……."

그런데 무명이 불안한 듯 눈동자를 도르르 굴려 누군가를 찾 았다. 경민이 아차 했다. 비로소 헤이 생각이 났다. 경황이 없어 제때 작별 인사를 하지 못했다.

"헤이 안 온대. 못 온대."

경민이 또박또박 말했다. 무명에게 거짓말을 할 순 없었다. 상 황을 이해하지 못하는 무명은 포기하지 않고 헤이만 찾았다. 두 손을 쥐락펴락하며 주변을 두리번거렸다.

바로 그때였다. 타타타타타! 귀를 아리는 소음과 함께 공중에 서 바람이 느껴졌다. 진혁이 머리를 한껏 뒤로 젖혔다. 풀빛 하늘 에 콕 박힌 빨간 점이 차츰차츰 커지기 시작했다. 헬리콥터가 도 착하고 있었다. 그들의 예상에 딱 맞게.

"헬리콥터야!"

보영이 신이 나서 하늘을 가리켰다.

"레디!"

진혁과 경민의 동공이 기대감으로 확장되었다. 반면에 무명 은 미간을 찡그리며 뒷걸음질을 쳤다. 이대로 가면 헤이를 영원 히 볼 수 없음을 직감한 걸까. 그는 공포심에 질려 쩔쩔매며 숙 소 방향으로 뒷걸음질했다. 난감해진 경민이 그를 붙잡았다. 어느덧 전광판이 까맣게 꺼졌다. 투다다다다. 헬리콥터가 지정된 포인트에 착륙을 시도했다. 헐레벌떡 헬리콥터로 달려가는 경비들 소리가 들렸다. 덕분에 화장터 주위가 휑하게 비었다. 그토록 고대하던 순간이 왔다. 지금이라면 화장터 안으로 들어갈 수 있었다.

"어서 넘어가!"

진혁이 고함을 빽 질렀다. 그는 경민을 도와서 함께 무명을 위로 끌어올렸다. 무명이 발버둥을 파닥파닥 쳤다. 도움을 한사코 거부하고 헤이만 찾아 댔다. 화가 난 진혁이 그의 등을 우악스레 떠밀었다. 경민도 진땀을 흘리면서 무명을 밀었다. 무명은 요지부동. 울타리 앞에서 끄떡하지 않았다.

"이 자식 버리자. 나가 봐야 우리 발목만 잡아."

분통이 터진 진혁이 무명을 와락 떠밀어 버렸다. 그러고서는 황급히 전기 울타리로 뛰기 시작했다. 선두인 보영은 벌써 울타리에 매달려 차근차근 넘어 가는 중이었다. 경민만은 무명을 포기하지 못했다. 자기 없으면 완전 찬밥 취급 당하겠지 싶어서. 도저히 놔둘 수 없었다. 누나를 부르면서 무명이 꺼이꺼이 울기 시작하더니 아예 땅에 철퍼덕 주저앉아 숙소 쪽만 하염없이 바라보았다.

"일어서. 지금 가야 해!"

경민과 무명의 실랑이가 이어졌다. 하는 수 없이 강제로 그를 잡아끌었다. 무명은 흙바닥에 엉덩방아를 찧은 채로 질질 끌려

갔다. 그는 주인만 기다리는 개처럼 낑낑거렸다. 커다란 눈에 눈물이 그렁그렁하였다. 경민은 진심 막막하였다.

타타타타!

머잖아 빨간 헬리콥터가 다시 상공 위로 날아올랐다. 울타리 끝에 걸터앉은 진혁이 헬리콥터를 보고 소스라쳤다. 시간이 충분히 남았다고 생각했는데 오늘따라 헬리콥터가 일찍 홈을 떠나갔다. 예상 밖 변수가 생겼다.

"가자니까!"

진혁이 목이 찢어져라 재촉했다. 그는 경민과 불 꺼진 전광판을 번갈아 보았다. 언제 전기 울타리에 전원이 들어올지 모르는 일촉즉발 상황이었다.

"후딱 일어서, 바보야!"

난데없이 따가운 질책과 함께 무명의 몸이 위로 훅 당겨졌다. 구원군처럼 등장한 헤이가 무명의 왼팔을 휙 잡아끌었다. 그의 오른팔을 당기는 경민과 데칼코마니 같은 포즈로. 헤이의 등에 낡은 배낭이 달랑거렸다.

"헤이!"

고집불통 친구가 마침내 마음을 바꿨구나, 경민의 낯이 환해졌다.

"안 간다고 우기더니. 왜 갑자기 왔냐고? 넌 나 없음 안 되잖아. 그리고 얘도."

헤이가 무명을 내려다보았다. 붉은 혀를 샐쭉 내밀었다.

"맞아. 너 없음 안 돼."

스펀지에 물 스며든 듯 경민의 눈가가 촉촉해졌다.

"눈물 짤 때 아니거든."

말과는 반대로 헤이 코끝도 시큰해졌다. 이 중요한 탈출 시점에 눈물 바람부터 터지니. 민망함에 코를 킁킁대며 억지로 울음을 삼켰다. 무명은 삽살개처럼 실실거렸다. 헤이의 등장으로 그의 눈물이 금세 말라 버렸다. 헤이가 무명의 이마에 꿀밤을 딱 놓았다.

"정신 차리고 뛰는 거다, 응?"

경민과 헤이는 양쪽에 무명과 팔짱을 끼고서 달리기 시작하였다. 영차, 영차. 운동회처럼 2인 3각 달리기하듯 발맞춰 달렸다. 절뚝이는 무명이 행여 뒤처질까 봐 둘이서 단단히 그를 지탱해 주면서.

진혁이 양손을 깃발처럼 흔들었다. 그는 여태 울타리에 기마 자세로 앉아 전광판을 지켜보는 파수꾼 역할을 하고 있었다. 헤이가 앞장서 날렵하게 울타리에 올랐고, 뒤선 경민은 무명부터 울타리 위로 밀어 올렸다.

으으 하면서 무명의 상반신이 갸우뚱 기울어졌다. 동그란 눈망울에 공포심이 차올랐다. 이제껏 펜스에 닿으면 감전된다는 경비의 경고를 신의 말처럼 받아들였다. 그런 무명에게 전기 울타리는 감히 범접할 수 없이 위협적인 존재. 그는 울타리에 전기가 흐르지 않는 때가 있다는 사실을 이해하지 못하였다.

"얼른얼른 올라가."

그의 다리를 잡아 위로 보내는 동시에 경민도 울타리로 착착 매달렸다. 울타리 벽의 끝을 잡다 말고 헤이가 일순 멈칫하였다. 친구들이 가방을 숨겨 두었던 덤불 너머로 거먼 그림자가 어룽거렸다.

서슬 퍼런 두상과 각진 어깨. 필광이 긴 그림자를 드리우며 서 있었다. 그늘에 가려 표정은 보이지 않았다. 과연 그는 발칙한 탈출자들을 한심해할까, 혹은 부러워할까.

아마 헤이가 그랬듯, 필광도 두 개의 마음 중간에서 갈등하고 있을 터. 고맙게도 필광은 경민의 탈출이 성공하길 바라는 듯했다. 일찌감치 경비원에게 고자질할 수 있건만, 웬일인지 그는 과묵했다.

헤이는 아차 하며 주머니에서 가죽 주머니를 꺼내었다. 필광 쪽으로 보란 듯 흔들고서는 그것을 얼키설키한 펜스 틈새에 꾹꾹 끼워 넣었다. 펜스에 장식품처럼 대롱 달린 주머니를 본 필광이 크게 움찔하며 앞으로 나왔다.

갖고 싶지? 그럼 여기까지 올라와 보시지!

통쾌함에 헤이의 입이 헤벌쭉 벌어졌다. 운이 참 좋았다. 병원을 나오기 직전 로비에서 필광의 졸개 무리와 마주쳤다. 필광은 없었고, 한 아이가 갈색 주머니를 꼭 쥐고 있었다. 그걸 보자마자 헤이는 즉시 상황을 알아차렸다. 필광이 블랙비타민을 잠시 맡겨 둔 거다. 더 생각할 겨를 없이 헤이는 날다람쥐처럼 그걸 낚아채 여자 화장실로 달려가 창으로 빠져나갔다. 그러고는 곧장 펜스로 내달렸다. 혼비백산한 졸개 무리는 지금 병원과 여자 숙소 앞에 진을 치고 있으리. 곧 헤이는 펜스 너머로 영영 사라지고, 펜스에 낀 블랙비타민이 대신 오래오래 대롱거리며 필광을 애태우리라.

잘 훔쳤다! 헤이는 뿌듯했다. 앞으로는 *화장품이 아니라 저런 걸 훔쳐야겠다.* 자신의 못된 짓이 처음으로 대견했다.

"잘 있어. 필광이 너도 천천히…… 죽어. 아주아주 천천히."

헤이는 필광이 던진 말을 고스란히 되돌려주었다. 천천히 죽어. 이건 죽으라는 말이라기보다 제발 살라는 부탁에 가까웠다. 필광의 희망대로 방사능 수치가 낮아져서 안전도시로 들어갈 때까지. 어떻게든 아등바등 살아 보라는 바람이었다. 고약하게 폭력을 휘두르고, 자살 약을 팔아먹으며, 안전도시를 꿈꾸는 필광이. 악하디악한 그를 끝내 미워할 수 없었다. 필광 또한 부모를 잃고 외톨이가 되어 버린 아이니까. 생존 방식은 다를지언정 방사능에 적신 약한 몸으로 어찌어찌 오늘을 살아 내려고 악바리치는 모습은 똑같았다. 헤이도 경민도 필광도. 모두 살고 싶어 했다. 단 하루라도 더. 단 1초라도 더.

셋이 가까스로 마지막 펜스에 몸을 올린 바로 그 순간. 띠리리링. 전광판이 켜지는 전자음이 차갑게 울려 퍼졌다.

"서둘러!"

보영과 진혁이 울타리에 매달린 친구들을 향해 발을 팡팡 굴렸다. 둘만 화장터 부지 내에 착지한 상태였다. 헤이는 아랫입술을 악물었다. 젖 먹던 힘까지 무명의 소매를 끌어당겼다.

얼마나 남았지? 1초, 2초, 3초…….

속으로 카운트다운했다. 제한 시간은 1분 10초. 그 안에 3미터 10센티 울타리를 넘어야 했다. 헤이 혼자라면 눈감고도 건너편 땅을 밟을 수 있었다. 그러나 굼뜬 무명과 그를 돕느라 늦어진 경민이 위험했다.

"올라와 좀."

헤이가 있는 힘껏 그를 잡아당겼다. 무명의 한쪽 소매가 찌이익 뜯겨 나갔다. 휘청대던 그가 아슬아슬 울타리 끝에 다다랐다. 돌연 무명이 괴상한 울음을 내다가 다시금 울타리 위로 납작 엎드려 버렸다. 아찔한 높이에 겁을 집어먹은 거였다. 3미터 10센티. 충분히 공포를 느낄 높이다.

"제발 움직여!"

헤이가 무명을 당기는 동시에 경민이 그의 엉덩이를 호되게 걸어찼다. 셋이 펜스 끝에서 승강이를 벌이는 틈에도 제한 시간이 째깍째깍 흐르고 있었다.

35초, 36초.

헤이의 등줄기에 땀방울이 주르륵 흘렀다. 초여름 햇볕이 뜨거웠다. 울타리에 원숭이처럼 매달린 아이들이나, 지켜보는 아이들이나 온통 땀범벅이었다.

"무서……."

마침내 무명이 꼼지락거리며 한 다리를 울타리 너머로 걸쳤다.

56, 57, 58초…….

헤이는 숫자를 세며 울타리를 훌렁 넘어갔다. 경민이 바짝 뒤따라 올라왔다.

1분. 1초, 2초…….

곧이어 헤이가 발작하듯 고함쳤다.

"손을 놔!"

세 사람은 거의 동시에 울타리에서 손을 놓았다. 헤이는 발바닥으로 세게 울타리를 지치며 하늘로 비상하였다. 몸이 붕 떴다. 초록빛 구름 틈새로 뚫고 나온 뜨거운 햇살이 망막까지 와 닿았다. 이대로 눈이 머는 듯했다. 심장이 수면 밖으로 떨어진 활어처럼 팔딱팔딱했다. 이토록 태양에 가까워진 적이 없었거늘.

손끝만 더 뻗으면 빛바랜 초록 구름을 걷고 순열한 태양을 만질 수 있다고 느낀, 그 짧은 찰나였다. 비상하던 몸이 활로를 바꿔 빠르게 추락하였다.

"아!"

헤이는 목을 한껏 젖혔다. 가까워지던 태양이 확 멀어졌다. 하도 야속하여 하늘만 우러러보았다. 굴뚝에서 뭉게뭉게 흘러나오는 가스로 인하여 틈새를 비추던 햇살이 싹 가려졌다. 초록 하늘. 오늘따라 더 기괴하고 미웠다.

치지지지익.

강한 전류가 울타리를 타고 흘렀다. 전기 울타리가 리셋을 막

마쳤다.

"쩐다. 통구이 될 뻔했잖아."

경민이 숨을 몰아쉬며 투덜거렸다. 헤이는 비슥이 웃었다. 대답할 기력이 없고 긴장감이 풀어지면서 고막이 징징 울렸다. 가슴이 뭉클뭉클 벅찼다. 드디어 옴짝달싹 못 하게 가두었던 3미터 10센티의 울타리를 넘은 것이다. 간신히.

* * *

타닥, 타닥, 타닥. 다섯 쌍의 발소리가 전진과 멈춤을 반복해 나갔다. 아이들은 화장터를 빙 둘러 후문으로 가는 중. 관리인 눈에 띌까, 한 발씩 침착히 내디뎠다.

무명은 헤이의 티셔츠 자락을 생명줄처럼 꽉 움켜쥔 채로 걸었다. 옷이 흙먼지로 노랬다. 울타리에서 떨어져 화장터 땅에 멍석처럼 굴렀으니. 무명 때문에 악전고투했다. 꿀밤 백 대쯤 때려도 분이 풀리지 않겠지만 이젠 화가 나지 않았다. 대신 저 녀석을 제대로 가르쳐야겠다는 생각이 들었다. 독립적인 한 사람 몫을 할 수 있게.

"혼자 걸어 봐. 할 수 있어. 내가 봐 줄게."

마지못해 무명이 티셔츠 자락을 놓아주었다. 경민이 멈추라는 수신호를 주고는 눈을 홉뜨고 전방을 주시했다. 화장터 본관이 통째로 불에 탄 듯 검고 길쭉했다. 군데군데 큰 창이 많아 밖에서도 쉽게 안을 들여다볼 수 있었다.

1층 전체가 화장장으로, 직원들이 한창 작업 중이었다. 거대한 컨베이어벨트 하나가 화장장 중앙을 가로질러서 대형 가마까지 이어졌다. 관리인이 사체와 소지품을 분리해서 벨트 위로 올렸다. 벨트가 자동으로 움직이며 그것들을 친절히 가마 안까지 실어 주었다.

사람과 물건이 빠짐없이 가마로 들어가면 인부는 가마 입구에 연결된 벨트를 해제했다. 그가 가마의 전원 스위치를 올리면, 삽시간에 가마 바닥과 천장에서 화염이 일었다. 모든 것을 깡그리 불에 태워 버렸다.

"들키지 않게 지나가자."

경민이 유리창보다 낮게 쪼그려 앉아 엉금엉금 기다시피 걸었다. 모두 오리 걸음 자세로 창 밑을 지나갔다. 창 너머로 벨트가 웅웅 돌아가는 소음이 거슬렸다. 헤이의 머리털이 삐죽 섰다. 시끄러운 기계음에 전신이 빨려 들어가듯 압도되었다.

"쉬잇."

경민은 손바닥으로 무명의 머리통을 찍어 눌렀다. 그가 도중에 일어서면 큰일이었다. 활짝 열린 유리창 아래로 오리걸음 걷는 아이들의 괴상한 행렬이 이어졌다.

덜컹덜컹. 귀를 아리는 마찰음에 순간 얼음이 되었다. 저도 모르게 헤이가 고개를 빼꼼 쳐들어 화장장을 흘끗했다. 한 작업자가 갑자기 멈춰 버린 컨베이어벨트를 살폈다.

“이런. 옷이 걸렸잖아.”

그가 투덜대며 허리를 납작 굽혔다. 헤이는 읍 하며 다급히 제 입을 틀어막았다. 화장장 벨트 위로 사체 몇 구와 그들의 소지품으로 보이는 물건들이 일렬로 누워 있었다.

웅웅웅. 작업자가 낀 옷을 제거하자마자 벨트가 금방 순조롭게 가동되었다. *사람을 하찮은 물건처럼 다루는구나.* 비통함에 눈물이 왈칵 차올랐다. 인간과 물건을 한 뭉치로 취급하는 광경이 믿기지 않았다.

“거의 왔어. 후문이 보여.”

선두에 선 경민이 알려 주었다. 100미터 전방이 주차장이었다. 까만 땟자국이 낀 대형트럭이 두 대 있고, 그 맞은편에 철문이 있었다. 아직 트럭이 나갈 시간이 아닌지 철문은 반만 열렸지만 사람 몇이 빠져나가기엔 충분했다.

“뛰자.”

재빨리 속삭인 직후, 경민은 무명과 어깨동무를 한 채 달리기 시작했다. 진혁과 보영도 질세라 맹렬히 뜀박질을 시작했다. 그때였다. 더얼컹. 다시금 화장장의 벨트가 멈춰 버렸다. 소음에 이끌려 헤이의 고개가 쌩하니 돌아갔다. 헤이는 일순 멍해졌다. 창틀 너머로 갈색 눈동자와 마주쳤다. 한 소녀가 정지한 벨트를 침대 삼아 누워 있었다. 어린 소녀의 눈꺼풀은 채 다 감기지 않았다. 초롱초롱하던 동공이 탁하고, 핏발이 다발로 섰다. 찰랑이던 머리카락이 엉겅퀴처럼 푸석푸석했다.

“아…… 주주…….”

헤이가 아연실색했다. 병동으로 옮겨 간 주주. 그새 죽은 사실조차 몰랐다.

이미 후문에 도착한 친구들이 헤이를 애타게 불렀다. 슬픔에 빠진 헤이는 오직 불쌍한 주주 생각뿐. 참 어여뻤던 주주. 헤이가 화장하면 장미 꽃봉오리 입술을 쭉 내밀던 주주. 그 사랑스러운 아이가 지금 차가운 컨베이어벨트 위에 있었다. 낯익은 오렌지색 립밤이 아이 곁에서 뒹굴고 있었다.

“또 걸렸잖아. 오늘 소각할 분량이 어마어마하다고! 가뜩이나 작업 더디다고 관리청에서 욕먹는 참에.”

저벅저벅. 한 남자가 불평하며 창가로 걸어왔다. 그는 일반 관리인과 구별되는 검정 유니폼을 입고, 팔에 하얀색 완장을 찼다. 화장장 관리부장인 그는 벨트를 멈추게 한 주주의 시체로 향했다. 벨트 틈새로 말려 들어간 원피스 옷자락을 거칠게 잡아당겼다. 하필이면 그 위치가 헤이가 숨은 창가와 가까웠다. 거의 동시에 헤이의 티셔츠가 찢어질 듯 훅 당겨졌다. 기겁해 돌아보니, 무명이 흰 이를 드러내고 헤실거렸다. 헤이를 데려가려고 되돌아온 거다.

“가자, 가자.”

무명이 헤이 옷을 쭉쭉 잡아당겼다.

후문의 경민이 두 손을 사방으로 휘저었다. 무명이 돌연 무리를 이탈한 바람에 당황해 버렸다. 그때였다.

“어라. 애들이 왜 여기 있어!”

관리부장의 굵직한 고함이 창밖으로 튀어나왔다. *맙소사. 나 때문에 들켰어!* 헤이가 겁에 질려 번개처럼 뒤돌아섰다.

집이 홀연히 사라졌다

헤이는 어리둥절한 무명의 손목을 낚아채 무작정 도망치기 시작하였다.

"무슨 일입니까?"

작업자들이 떼로 창가에 몰려들었다.

"홈 애들이 나왔어. 대체 관리를 어찌한 거야!"

관리부장이 악다구니를 쳤다. 그는 화장터 관리를 허술히 한 책임을 지게 될까 노심초사했다.

애들끼리 전기 울타리를 넘어왔다는 말에 작업자들은 반신반의했다. 13홈 이재민은 피폭 등급이 가장 높고, 체력이 원체 약해 그들의 탈출은 불가능에 가깝다.

"당장 나가! 쟤들 잡아!"

부장이 호통쳤다. 투당당탕탕. 순식간에 화장장을 가로지르는 관리인들 발소리가 요란해졌다.

"빨리빨리!"

경민이 목청껏 고함치고는 빡빡한 후문의 손잡이를 잡고서 씨름하였다. 헤이와 무명이 돌아오는 대로 후문을 닫아 관리인들이 쫓아오지 못하도록 막을 요량이었다. 몇 초라도 시간을 벌어야 했다. 여차하면 관리인들이 트럭을 몰고 나와서 이 일대를 헤집을 수 있었다. 그러면 탈출은 필시 실패할 거다.

꿍차꿍차. 진혁과 보영이 경민을 도와 등으로 무거운 철문을 밀었다. 다행히 헤이와 무명이 금방 합류했다. 둘은 경민이 손짓하는 대로 문틈으로 쪼르르 빠져나갔다. 전원이 빠져나오자마자 합심해 철문을 밀었다.

드디어 철문이 쿵 닫혔다. 13홈이 닫혔다.

"문 열리면 금방 잡힐 거야. 어쩌지?"

겨우 닫은 철문을 보며 고민하던 경민이 눈을 퍼뜩 떴다. 허겁지겁 제 가방 주머니를 뒤졌다. 그러다 뭔가를 한 움큼 꺼내서 일정하게 벌어진 철문 틈새에 마구 쑤셔 넣었다. 경민의 가방에서 나온 건 십 원, 백 원, 오백 원짜리 동전들. 동전 개수가 제법 되었다.

"동전이잖아. 그걸로 문이 버텨?"

진혁이 미심쩍은 투로 물었다.

"나도 몰라."

“에?”

“만우절 날 시청각실이었나. 애들이 동전으로 장난치더라고. 내 기억엔 시청각실 문이 요거랑 비슷한 철문이었어. 동전 효과 톡톡히 봤지. 샘들이 문을 못 열더라고.”

경민이 속사포처럼 떠들었다. 세로로 동전을 넣더니 비틀어 가로로 눕혔다. 문틈에 동전들이 꽉 맞물리도록 심혈을 기울였다.

“반대쪽 문은 열 수 있잖아.”

진혁이 날카롭게 맹점을 찔렀다.

“트럭이 크잖아. 한쪽 문만 열려선 절대 못 나와. 차를 못 쓰면 아저씨들 우리 못 잡아.”

우그러지던 진혁의 얼굴이 팍 펴졌다. 경민의 순발력과 아이디어에 감탄하였다.

“됐다.”

동전을 모조리 문틈에 끼운 후에야 경민이 당차게 돌아섰다.

“이제부턴 무조건 앞만 보고 달리는 거야. 레디?”

덜컹덜컹!

철문 반대편이 웅성거렸다. 관리인들 또한 이런 탈출극이 처음. 갈피를 잡지 못하고 우왕좌왕하고 있었다. 아이들은 빙그르르 돌아섰다. 철문을 등지고 서니 홈 밖은 허허벌판. 소문대로였다. 지평선과 수평선이 맞닿는 지점까지 풀 한 포기 나지 않는 황량한 땅만 펼쳐졌다. 으깬 풀잎 색 하늘도 여전하고.

가느다란 헤이의 머릿결이 훌훌 날렸다. 초록 구름 너머로 훈

훈한 미풍이 불어왔다. 비로소 13홈을 빠져나왔구나! 그 사실을 실감하였다.

"어서 가자, 애들아."

경민의 말이 신호탄처럼 하늘로 슝 올라갔다.

진혁과 보영이 꺅꺅대며 달렸다. 헤이도 황급히 쫓아갔다. 날아오르는 마음과 달리 발걸음이 자유롭지 못했다. 무명이 그새 소맷부리를 잡고 늘어졌기 때문이다.

"그래, 우리도 가자."

헤이는 완전히 체념하였다. 이젠 무명을 뿌리칠 수 없어졌다. 그는 화장장에서 일편단심으로 헤이를 챙겨 준 친구니까. 커다란 인간 액세서리라 치지 뭐. 하는 수 없이 헤이는 옆구리에 무명을 달고 뛰었다. 간간이 그를 다그치는 걸 잊지 않고서.

"잘 보고 뛰어. 넘어지면 버리고 간다?"

"으으응."

무명은 그저 해맑게 히히거렸다. 헤이가 순순히 곁을 내주니 기뻐 어쩔 줄 몰랐다.

"미쳐. 무슨 인간 껌딱지니."

해바라기 닮은 그 미소에 헤이의 볼이 화끈거렸다. 무명은 엇박자로 삐걱거리는 발을 헤이에게 맞추려 안간힘 썼다. 모두 앞서거니 뒤서거니 불모의 땅을 질주하였다. 홈의 철문은 여전히 부서질 듯 덜컹거리고 있으나 그 문도 곧 멀어졌다. 홈을 벗어난 아이들이 일으킨 누르께한 흙먼지 아지랑이에 묻혀 사라져 버렸다.

* * *

경민이 우뚝 섰다.

한참을 달리다 멈춰 선 곳은 교회 앞. 붉은 벽돌 건물 꼭대기에 십자가가 높다랗게 솟았다.

"후하…… 도저히 못 뛰겠다. 좀 쉬자. 타임."

진혁이 맨바닥에 털퍼덕 주저앉았다. 꼬박 30분가량을 마라톤하듯 달려왔다. 휴식이 절실했다. 헤이와 무명이 경쟁하듯 진혁의 옆자리로 몸을 던졌다.

"이 교회. 외할머니랑 차 타고 지나가면서 본 적 있어. 분명히 어린이집이 붙어 있을 텐데. 아, 저기다."

경민이 오른편 4층짜리 건물을 가리켰다. 그 건물 상단에 걸린 간판에 '영 어린이'라는 글자가 남아 있었다. 간판 글자에서 '샘' 자와 '집' 자가 떨어져 나가고 없었다.

"샘영 어린이집은 샘영 교회 부속이거든. 할머니 말론, 동네서 제일 오래된 교회래."

설명하는 음성이 기쁨으로 물결쳤다. 일단 홈에서 멀어지는 게 일차적인 목표라 마냥 직진했었다. 걷는 내내 지루할 만큼 드넓은 벌판들만 이어지다가 서서히 지형이 바뀌었다. 황톳길이 뚝 끊기고 도로와 주택이 나오기 시작하였다. 아마 외곽에서 은양산 중심가로 이동하는 중이리라. 사람은 코빼기도 보이지 않았다. 그나마 홈의 경비나 차가 쫓아오는 기색이 없어 천만다행이었다.

이젠 외갓집을 찾아야 했다. 차마 내색하지 않았지만, 경민은 방향을 잡지 못해 불안했다. 홈만 탈출하면 금방 집을 찾으리라 장담했건만 길이 무척 생소했다. 마지막으로 외할머니 댁에 놀러 온 게 2년 전. 흐린 기억으로 은양산 일대를 더듬어 가려니 어려웠다.

그러나 하늘이 경민을 버리지 않았는지 마침내 아는 길이 나왔다.

"할머니 집 어디라고?"

"남부동. 저쪽으로 가면 신도시야. 아파트 단지가 보일 거야."

경민이 들떴다. 헤이는 교회 십자가를 물끄러미 올려다보았다. 십자가는 사람 손길이 오래 닿지 않았는지 몸통이 기울어지고, 곳곳이 부서져 내부 전선이 어지럽게 튀어나왔다. 비단 십자가뿐만이 아니었다. 교회와 어린이집, 건너편 아파트와 도로에 멈춰 선 차들. 죄다 흉물스러웠다. 회백색 먼지와 거미줄을 뒤집어쓴 꼴이 꼭 흑백 만화의 배경이었다. 어디서도 생명력이 느껴지지 않았다. 은양산은 완벽한 유령 도시였다.

"하지만 여긴……."

헤이가 어물거렸다.

"사람이 살지 않나 봐. 한 명도."

진혁이 말을 가로채었다. 모두 표정이 쓸쓸해졌다. 홈에서 갇혀 지낸 생활이 길었기에 그만큼 일상으로 돌아가는 것에 대한 기대가 컸다. 막상 홈을 나오니 막막하긴 마찬가지. 과연, 정상적인 도시를 만날 수 있을까. 아침에 늦잠 자서 엄마에게 꾸중 듣고 허둥지둥 학교로 뛰어가던 지루한 일상들. 그걸 이토록 그리워하게 될 줄이야.

"당연. 그때가 언제냐. 방사능 피폭 지역은 제한구역으로 묶였어. 주민들 짐 싸서 안전도시로 들어갔겠지. 아님, 우리처럼 홈을 떠돌거나."

경민이 애써 담담한 척 뇌까렸다.

"차라리 없는 게 나아. 우릴 쫓아낼 사람도 없잖아."

보영이 털털히 친구를 거들었다. 손가락으로는 말총머리를 빗거나 잔머리를 뱅글뱅글 꼬아 대었다. 말과는 달리 꽤 실망한 눈치였다.

해가 저물기 전에 외할머니 집을 찾아야 했다. 까딱하면 길거리에 노숙할 판이었다. 꼭 외갓집을 찾길, 헤이는 희망했다. 외갓집 대신 딴 빈집을 구해도 되지만 경민이 실망할 게 가슴 아팠다.

"길 알겠어?"

물으며 진혁이 과자를 빼서 우적우적 씹었다. 이틀 전 급식으로 나온 새우 스낵이었다.

"대충은."

경민의 입꼬리가 샐쭉 올라갔다. 샘영 교회를 찾고서 추락하던 자신감이 회복되었다. 헤이의 배가 꼬르륵꼬르륵 처량하게 울렸다. 헤이는 태연히 가방을 열었다. 꿍쳐 둔 과자는 놔두고 그린비타민 몇 알을 빼서 입에 털어 넣었다. 원래 무미건조하던 비타민이 묘하게 달았다. 여긴 진짜 우리뿐이구나. 탈출 성공에 새삼 기뻤다.

"너도 먹어."

경민이 무명에게 생수와 그린비타민을 내밀었다. 녹초가 된 무명은 얌전히 비타민을 입에 넣고 생수를 벌컥벌컥 들이켰다. 쉬는 참에 헤이는 병원에서 엿들은 대화를 전해 주었다. 안전도시 등급, 시민 데모, 정화제 사기꾼 얘기까지 빼놓지 않고.

"거 봐. 우리도 안전도시에 들어갈 수 있어. 몸만 좋아지면 금방 3등급 돼."

"정화액. 나도 먹고 싶다. 혹시 모르잖아."

새로운 소식에 모두 고무되었다. 다시 일어나 원정을 이어 나갔다. 무너진 집과 건물이 끝없이 나왔다.

"아휴, 내 다리."

보영이 뭉친 허벅지를 주먹으로 퉁퉁 쳤다. 헤이 역시 지끈거리는 발등을 내려다보고 이마를 찡그렸다.

"안 되겠어. 새 운동화부터 구하자. 이렇겐 도망 못 가."

진혁이 땀으로 미끄러진 안경테를 올렸다. 아이들 운동화는 일괄 지급된 홈의 보급품. 재질이 마분지처럼 얇았다. 격하게 움직이면 밑창 틈새가 쩍쩍 벌어졌다. 밖으로 나서자마자 결핍이 피부로 올올이 느껴졌다. 배가 고프고, 발이 아팠다. 발을 디딜 적마다 거친 자갈이 박히며 발가락이 욱신거렸다. 둔해졌던 몸의

감각이 점점 깨어나고 있다는 신호려나.

"운동화 콜! 또 뭐 필요해?"

경민이 반겨 물었다.

"난 새 옷."

"뜨끈한 컵라면 먹고 싶어."

"더우니까 반바지 입을래."

"라면에 갓 담근 김치 있음 퍼펙트지."

갖고 싶은 물건과 음식을 잇따라서 열거해 본다. 홈에서 아무리 원해 봤자 가질 수 없음을 알기에 바라지조차 않았던 것들을. 모두 싱글벙글한다. 상상만으로 즐겁다.

"헤이, 넌?"

새 속옷. 차마 말하지 못하고 헤이가 쭈뼛대었다. 올해 몸이 급격히 자라나 성한 속옷이 없었다. 팬티 허리끈이 간당간당 늘어져 발에 펠 적마다 거치적거렸다. 그렇다고 진혁과 무명 앞에서 속옷이 낡았다 털어놓기 쑥스러웠다. 그래서 두 번째로 갖고 싶은 걸 얘기했다.

"화장품."

"은양산에 백화점 없어?"

쇼핑 생각에 보영이 목을 망원경처럼 뺐다.

"내가 알기론 없어. 대형마트 하나뿐이야. EK 마트."

경민이 어깨를 으쓱였다.

"가다 보면 나올 거야. 그 마트가 신도시 중심에 있거든. 쓸 만한 게 좀 남아 있음…… 좋겠는데. 쇼핑하려면.”

쇼핑! 쇼핑! 외치는 소녀들 뺨에 화색이 돌았다. 천근만근 늘어지던 발걸음에도 활력이 차올랐다.

“꾸물대지 말고 가자.”

의욕이 생긴 보영이 경민을 저만치 추월해 나갔다.

“픕, 완전 들떴네.”

헤이가 킥킥했다. 말총머리를 달랑거리며 걷는 보영의 뒷모습이 귀여웠다. 그동안 보영은 늘 이마를 불도그처럼 찌푸리고 다녔건만. 홈을 나오자마자 보영의 이마가 다리미로 편 듯 쫙 펴져 순수한 표정을 되찾았다.

긍정적으로 바뀐 건 보영뿐만이 아니었다. 인간 나침반이 되어 큰 목소리로 힘을 북돋는 경민이, 듬직하게 짐을 들어 주는 진혁이, 하다못해 비실비실 웃기만 하는 무명까지. 인간미 넘치는 모습을 실시간으로 되찾는 중이었다. 비로소 헤이는 친구들의 진짜 얼굴을 보고 있었다. 그것이 탈출이 안겨 준 소중한 선물이었다.

머잖아서 은양산천을 가로지르는 넓은 교각이 나왔다.

“강물이 말랐어.”

다리를 건너던 경민이 난간을 부여잡았다.

“저것 봐.”

진혁이 다리 밑을 가리켰다. 헤이가 눈을 끔뻑 감았다 떴다. 마른 땅에 수없이 찍힌 여러 모양의 자국들. 황색 카펫에 찍힌 패턴 같은 흔적은 사실 물고기였다. 강물이 바짝 마르면서 죽은 물고기들이 강바닥에 화석이 되어 붙어 있었다. 육포처럼 짓눌린 물고기의 내장과 뼈가 선연히 노출된 채로.

5월 말. 완연한 여름 날씨다. 하지만 하다못해 왱왱거리는 풀벌레조차 보이지 않았다. 길가 나무도 죄다 샛노랗게 말라 싸리 빗자루처럼 휘었다.

은양산은 방사능 수치가 얼마쯤 될까, 문득 궁금해졌다. 탈출에 성공했다고 마냥 좋아하기에는 현실이 참혹했다. 생명체가 살지 않는 땅은 죽은 거나 다름없었다. *물고기와 나무가 살 수 없다면 우리도 이곳에서 오래 버틸 수 없겠지.*

경민은 슬며시 등을 돌려 발을 재촉했다. 헤이도 말라 버린 하천에서 시선을 거두었다. 다소 침울해진 분위기로 다리를 건너갔다. 진혁이 아쉬운 눈길로 도로의 차를 힐끔거렸다. 어차피 차는 무용지물이었다. 운전할 수 있는 사람이 없거니와 애석하게도 사방 도로가 막혔다.

"윽."

적색 보도블록에 오른 보영이 파들짝했다. 길에 삽살개 한 마리가 누워 있었다. 숨이 끊긴 지 얼마 되지 않은 듯 형체가 물러진 물고기와 달리 털이 오롯이 남아 있었다. 헤이는 죽은 개를 주목했다. 개를 보는 게 참으로 오랜만. 홈은 이재민 외의 생명체를 수용하지 않았다. 애완견은커녕 경비용 개조차 없었다. 독한 소독 탓인지. 홈은 갈수록 파리와 바퀴벌레조차 드물게 나타났다. 소독 직후 한 데 몰려 죽은 벌레 더미를 보고서야 그것들이 어딘가 숨어 살고 있구나, 짐작하는 정도였다.

삽살개 눈이 터진 달걀노른자처럼 흐리멍덩했다. 털은 퍼석하고, 콧구멍에는 검붉은 코피로 범벅, 엉덩이에 오물이 포도송이처럼 주렁주렁 달렸다. 홀로 길거리를 돌아다니다 비명횡사한 꼴. 여태껏 목숨을 연명한 게 기특할 정도였다.

그때였다. 뜨다만 개의 눈꺼풀이 울룩불룩 들썩였다. 막 낮잠서 깨어나 눈을 뜨려는 듯이.

“저 개 살았…….”

반색하던 헤이가 경악하였다. 개의 눈꺼풀에서 가락국수처럼 생긴 흰 벌레가 기어 나왔다. 흰 벌레는 유유히 콧잔등으로 이동했다. 자세히 보니 개의 전신에 흰 벌레가 들끓었다.

“구더기야. 졸라 징그럽네.”

“대단한걸. 홈은 벌레도 못 사는데. 여긴 살아 있어.”

진혁이 새삼 구더기의 생존력에 감탄했다.

끄아악! 그제야 벌레를 알아챈 무명이 날뛰었다. 절뚝절뚝. 두 팔을 날개처럼 벌리고 괴성을 질렀다. 무명의 우스꽝스러운 몸짓에 전원 웃음을 빵 터뜨렸다. 빈껍데기만 남은 을씨년스러운 도시를 정처 없이 헤매고 있거늘. 팽팽히 치솟았던 긴장감이 단번에 스르르 허물어졌다. 무명 덕분이었다.

“진정해. 구더기보다 네가 커. 백 배는 더 커.”

경민이 킬킬거리며 무명을 다독였다. 그 뒤로 간혹 아스팔트에서 거꾸러져 죽은 개와 고양이와 조우하였다. 더는 아무도 놀라지 않았다. 돌멩이를 본 듯 무심히 지나쳐 갔다. 경민은 친구들을 신도시 쪽으로 이끌었다. 이내 낮은 집과 상가가 모인 네모반듯한 주택가가 펼쳐졌다.

"도착. 저 유치원 뒤쪽이야!"

경민이 기쁨에 부풀어 외쳤다. 서양식 저택처럼 화려한 외관의 유치원을 가리켰다. 그런데 새로운 난관에 부딪혔다. 유치원을 축으로 일대를 둘러봤으나 도무지 외할머니 댁이 나오지 않았다.

"이상해. 외갓집 이쯤 맞는걸."

내내 침착하던 경민이 혼란에 빠졌다. 우여곡절 끝에 도착했건만 집이 없어 황망했다. 외할머니가 은양산을 나갈 때 집까지 통째로 뽑아 들고 간 걸까 싶었다.

"헷갈릴 수 있어. 집이 비슷비슷하게 생겼잖아. 다른 유치원 없어? 찬찬히 생각해."

헤이가 위로하였다.

"없어. 저게 흔한 건물도 아니고."

경민이 고개를 도리도리 저었다.

"그 집 어떻게 생겼어? 지붕이 노랗다든가 정원이 있다든가."

진혁이 집 외형을 속속들이 캐물었다.

"주황색 벽돌집이야. 핼러윈 호박 램프. 딱 그 색깔. 앞마당에 텃밭 있고, 원목 벤치가 두 개 있어. 텃밭 채소가 싱싱하게 자라면 할머니가 뿌듯해하셨지."

경민이 열성적으로 묘사하였다. 곰곰이 경청하던 헤이의 시선 끝자락에 뭔가가 포착되었다. 주황색 벽돌이 있었다. 방금 경민이 말했던 핼러윈 호박 램프 색의. 경민이 심각해진 친구들 표정을 알아차렸다. 이내 주황과 초록이 섞인 벽돌 파편 더미가 쌓인 걸 발견하였다. 설마 외갓집이? 경민이 헐레벌떡 달려가 돌을 집어 들었다. 푸르딩딩한 색으로 변한 벽돌을 움켜쥔 채로 울먹였다.

"집이 왜……."

진혁이 한쪽 무릎을 땅에 꿇었다. 고고학자처럼 흙을 만져 보았다. 토양이 그을린 청록 빛깔로 변한 데다 버석버석 메말랐다.

"그린밤이야. 위에서 그게 떨어진 거야."

보영이 어두운 빛을 띠는 땅을 안타까이 바라보았다. *그린. 그 징글징글한 초록이 여기까지 쳐들어왔구나! 죽어라 뛰었건만.* 아이들은 아직 그린을 벗어나지 못했다. 그 죽음의 색깔 안에서 길을 잃었다. 코를 실룩이자, 매캐하고 익숙한 가스 향이 났다. 유독 택지에 그 가스 냄새가 진했다. 그러고 보니 주변에 외갓집처럼 집터만 남은 곳이 드문드문 있었다.

"그린밤이 이랬다고?"

헤이의 어안이 벙벙해졌다.

'홈은 그린가스고, 비거주지역엔 그린밤을 투하한대. 하도 독해서 그거 맞음 뇌가 버터처럼 녹아내린대.'

'그린밤 성능, 핵폭탄급이래.'

그린가스로 홈을 소독할 적마다 이재민들이 주절대고는 했었다. 정말로 벽돌집을 납작한 쥐포로 만든 게 그린밤이라면 그 위력을 감히 짐작할 수 없었다. 실제로 그린밤을 경험한 사람은 진혁뿐. 그는 예전 홈의 상공에서 그린밤이 터지는 걸 목격했다. 그린밤이 한참 멀리 떨어졌는데도, 그 소음과 진동이 무시무시했단다. 지진처럼.

그럼, 외할머니는? 헤이의 심장이 철렁 곤두박질쳤다. 진심으로 친구가 걱정되었다. 아니나 다를까. 경민이 휘청거렸다. 씩씩한 모습은 온데간데없이 어린아이처럼 흐느꼈다.

"외할머니!"

경민이 벽돌 더미로 덤벼들었다. 혹시 있을 할머니의 시신을 찾으려고. 맨손으로 벽돌을 한참 들쑤셨다. 참으로 다행스럽게 사람 흔적일랑 없었다.

"됐어. 할머니는 그린밤이 떨어지기 전에 빠져나가신 거야. 틀림없어."

경민이 손등으로 눈물을 훔치곤 일어섰다. 13홈이 은양산에 있다! 그 애길 들은 날부터 탈출을 꿈꿔 왔다. 만약 이곳이 외할머니가 계신 은양산이 아니었다면 경민도 감히 탈출을 감행하지 않았을 터다.

"할머니. 무사하실 거야. 그나저나 오늘 어디서 자지?"

진혁과 보영이 난감한 시선을 교환하였다.

쿠우우웅, 쌩! 벼락처럼 하늘에서 어마어마한 굉음이 들렸다.

마치 하늘이 두 쪽으로 갈라지는 듯.

"저게 뭐래!"

진혁이 겁에 질렸다. 제일 먼저 하늘의 침입자를 발견하고 웅크렸다. 상공에 시커먼 비행 물체가 유유히 유영하고 있었다. 그것은 꽁무니로 흰 연기를 질질 흘렸다. 슉슉. 급속도로 몸을 낮췄다 올리기를 반복하였다. 굶주린 거대 까마귀가 먹이를 찾는 모양새로.

그 거대 까마귀가 별안간 몸을 날쌔게 낮추었다. 그것은 살벌한 포효를 지르며 하강하였다. 택지를 향하여 곧장!

"비행기잖아."

헤이의 동공이 최대치로 확장되었다. 온몸을 까맣게 칠한 비행기였다. 길쭉한 등과 꼬리에 태극마크가 선명하였다. 그 포악한 위용이 구급품을 배달하는 둥글둥글한 빨간색 헬리콥터 따위와 비교 불가. 새까만 등줄기로 음흉한 기운을 내뿜었다. 초고속으로 하강하는 소리가 짐승의 포효처럼 들렸다. 초록 구름을 순식간에 흩어 내며 몰려드는 압도감! 비행기는 크고, 강력했다. 사뿐히 스쳐 지나가는데도 사방이 덜덜덜 진동하였다. 그 진동에 헤이는 온몸이 과자 부스러기처럼 바스러지는 착각이 들었다. 다들 속수무책으로 검은 움직임에 홀렸다.

"도망가야 해. 우릴 찾는 걸지 몰라."

경민이 친구를 와락 잡아당겼다. 정신을 차린 보영과 진혁이 허겁지겁 수그렸다. 하필 그들이 선 곳은 빈 집터. 금방 비행기가 쫓아 내려올지 모른다는 두려움이 엄습하였다.

"저리로 숨자."

진혁이 잽싸게 숨을 공간을 찾아내었다. 그가 가리킨 곳은 옆의 2층짜리 상가였다. 문이란 문은 모조리 떨어지고 2층 대부분도 허물어져 거인이 한 입 크게 베어 문 케이크처럼 생겼다.

다른 대안이 없었다. 경민과 헤이가 상반신을 낮게 수그린 채로 게걸음을 쳤다. 진혁과 보영이 차례차례 상가 입구로 들어갔다. 지하 계단으로 기어 내려가 납작 엎드렸다.

"생긴 게…… 브론코 기종 같아. 나 파일럿이 꿈이라 웬만한 비행기는 빠삭하게 알거든. 엄마 등쌀에 의사로 바꾸긴 했지만. 성형외과 의사가 돈을 잘 번다고 해서."

진혁이 검은 비행기를 주시하였다.

"브론코?"

"브론코는 원래 해병대 소속 전략 정찰기야. 정찰하면서 사람이랑 물건 실어 주는 수송도 해. 공격도 물론 가능. 전투기만큼은 아니지만."

"정찰기가 확실해?"

경민은 정찰기가 사람이 살지 않는 은양산 바닥을 헤집고 다니는 이유가 뭘까 미심쩍어했다.

"그럼. 해병대 정찰기는 국방색이야. 저거랑 달라. 하여간 파일럿 좌석이 두 줄이고 딱 저리 생겼어."

흥분한 진혁이 침을 다발로 튀겼다. 헤이가 고개를 모로 비틀었다. 문득 허전함이 밀려들었다. 찬찬히 곁을 둘러보다가 그제야 치명적인 실수를 깨달았다. 현재 지하의 사람은 네 명! 무명이 없었다. 우왕좌왕 도망가는 중에 무명의 존재를 까마득히 잊었다.

"무명이는? 아 씨, 밖에 있나 봐. 내가 가서 데려올게!"

놀란 경민이 용감하게 일어섰다.

"나도 갈게."

헤이도 즉각 붙어 섰다. 진혁과 보영이 뜨악해했지만 헤이는 익살스레 눈을 찡긋하였다. 주저 없이 지하를 나섰다. *내 탓이야. 따라오라고 한마디만 했어도!* 자책감이 컸다. *만약 무명에게 나쁜 일이 생기면?* 자신을 용서할 수 없었다. 두 소녀가 상가 입구에 선 찰나였다.

쿠우우우웅! 비행기의 포효가 더욱 사나워졌다. 잠시 멀어졌던 브론코가 다시금 주변 상공을 되짚어 가는 길이었다. 헤이와 경민은 선뜻 나서지 못하고 주춤주춤하였다.

다행히 무명은 빈 집터에 그대로 서 있었다. 아까의 헤이처럼 맹하게 브론코를 응시하면서. 그는 하늘을 나는 동체에 홀딱 빠져 브론코의 움직임에 맞춰 춤을 추듯 옆구리를 비틀비틀 흔들었다. 무명은 아예 두 손을 손수건처럼 펼쳐서 휠휠 흔들었다. 그에게 비행기는 신기하고 반가운 존재인지 달아날 생각조차 못하고 있었다.

"안……녕."

브론코에게 닿고 싶은지 무명이 팔딱팔딱 점프하였다. 저 까만 헬기를 음식 날라다 주는 빨간 헬리콥터의 친구쯤으로 생각한 걸까. 경민과 헤이가 사이좋게 튀어 나갔다. 헤이는 무명을 잡자마자 등짝을 철썩 후려갈겼다.

"야! 저게 택시인 줄 아냐?"

경민이 프로레슬링 선수처럼 무명의 목에 헤드록을 걸어 끌고 가기 시작하였다. 목구멍이 막혀 읍읍 대면서도 무명은 죽어라 위를 가리켰다. 순박한 눈망울에 녹색 하늘이 담뿍 담겼다.

"저거 타면 죽어. 집에 못 가, 바보야."

헤이가 그의 등을 사납게 떠밀었다. 한 바퀴를 진득하게 선회하던 정찰기가 방향을 휙 틀었다. 불과 몇 초면 외할머니 집, 아이들 머리 위로 당도할 태세로. 경민이 기를 쓰며 앞에서 끌고, 헤이가 뒤에서 헉헉대며 밀었다. 무명은 두 소녀의 기세에 속절없이 질질 끌려갔다. 고분고분해졌으나 두 눈동자가 미련스레 하늘을 맴돌았다. 정찰기가 긴 꼬리를 끌고선 구름 너머로 쑥 올라가 버렸다. 당분간 돌아올 낌새가 없었다.

"잘 따라와야지. 멍때리다가 우리랑 떨어지면 죽어. 죽는다고!"

지하 계단에 포복하자마자 헤이는 무명의 귓바퀴를 쭉 잡아당겼다. 이참에 따끔하게 혼쭐을 내며 무명을 교육했다.

"아으응."

무명의 눈꼬리가 축 처졌다. 뭘 잘못했는지 모른 채 주눅만 들었다. 그 꼬락서니가 헤이의 화를 부채질하였다.

"정신 똑바로 차려. 우린 너까지 챙겨 줄 힘이 없어!"

어렴풋이 알아들었는지 무명이 긴장하였다. 이번에는 경민도 무명의 편을 들지 않았다. 아직 외갓집을 송두리째 잃은 충격이 컸다. 탈출을 감행할 당시 어떻게든 홈만 나오면 된다 자신했건만. 유령도시를 직시하고서 덜컥 무서워졌다.

집이 날아간 터는 무(無). 아무것도 남지 않고, 아무것도 찾을 수 없었다. 오랜 세월 가족과 쌓아 온 소중한 추억이 감쪽같이 증발했다. 모든 게 무너진 토사와 돌멩이에 파묻혀 사장되었다. 처음부터 그런 건 세상에 존재하지 않았다는 듯이.

설마 킹콩 아파트도 날아갔을까. 우리 집도 없어졌을까. 엄마는? 그럼 난…… 뭘 찾아야 하지? 경민은 뼛속까지 겁에 질렸다.

* * *

상가를 나와 새로운 목적지로 이동하였다. EK 마트로.

높은 건물이 몰린 시내 한가운데 유치원 버스처럼 네모난 마트가 있었다. 샛노란 건물. 페인트 통을 실수로 쏟은 것처럼 귀퉁이만 초록색 가루를 뒤집어썼다. 비교적 외벽이 부서진 곳 하나 없이 양호했다.

"욕심 부리지 말자. 짐 많으면 이동이 힘들어. 꼭 필요한 것만 가져와. 진혁인 무명이 놓치지 않게 잘 챙기고."

계산대를 넘어가기 직전까지 경민이 신신당부하였다. 여자 남자 두 팀으로 나눠 쇼핑하고, 2층에서 만나기로 했다. 제일 신난 사람은 헤이였다. 무명은 브론코와 맞닥뜨린 후로 더욱 찰거머리가 되었다. 그는 열 걸음에 한 번씩 헤이를 움켜잡고 매달렸다.

"잘 만한 곳을 찾아야지. 실내가 노숙보다 낫지."

진혁이 의욕을 불태웠다.

"좋아! 무명이 너 진혁이랑 꼭 붙어 있어야 한다?"

경민의 잔소리에 무명이 눈동자를 뱅글뱅글 돌렸다. 헤이와 떨어지기 못내 불안한 눈치였다.

"이러다 밤 되겠다."

헤이가 쪼르르 가 버렸다. 애절한 소년의 눈동자는 본체만체하고서.

"짱이다!"

마트 내로 들어서자마자 보영의 입에서 탄성이 터져 나왔다. 아직 해가 저물지 않은 데다 넓은 매장에 백열등이 듬성듬성 켜져 있어 꽤 밝았다.

"맘껏 골라. 전부 우리 거야."

경민은 손가락으로 오케이 표시를 날렸다. 오직 헤이만 눈을 가느스름히 떴다. EK 마트는 대혼란 그 자체. 도둑이 떼로 쓸고 간 듯 난장판이었다. 방치된 지 오래인지 먼지가 주먹만 한 똬리로 굴러다녔다. 무엇보다 공기가 퀴퀴했다. 특히 악취의 근원지는 1층 왼편 신선 식품 코너. 썩은 내가 진동했다. 매일 전국에서 배송된 싱싱한 채소와 고기로 빼곡했을 진열대는 숫제 까만 덩어리로 변했다.

헤이는 대공황의 광경이 머릿속에 생생히 떠올랐다. 사람들이 우울증 걸린 좀비처럼 비틀비틀 걸어가는 장면도 연상됐다. 집과 직장. 그들이 지금껏 지켜 온 삶을 모조리 버리고 떠날 때 마음이 어땠을지.

"치, 정상인 게 없네."

헤이가 자조적으로 읊조렸다.

"우리야말로 비정상인데 뭘."

경민이 쓸쓸히 받아쳤다.

세 소녀가 우선 달려간 곳은 식품 매장. 진열대 대부분이 비었다. 헤이가 바닥에 떨어진 물건을 스캔하였다. 바닥의 과자 봉지는 질소가 빠져 납작했다. 보영의 눈이 이채로이 빛났다. 노란색 과자를 얼른 집더니 흥분하며 끌어안았다.

"허니빠다칩. 내 최애야. 이걸 다시 보게 될 줄이야……"

감격에 겨운 보영이 즉시 과자 봉지를 뜯었다. 앞니로 감자 칩을 앙 하고 베어 물었다. 과자가 파삭파삭 바스러졌다. 동시에 보영의 얼굴이 일그러졌다. 퉤퉤. 보영이 야단하며 입속 과자를 뱉어 내며 과자 봉지를 내팽개쳤다.

"개똥맛. 유통기한 지났나 봐. 냄새가 역해."

호기심에 과자를 깨물던 헤이와 경민도 단박에 과자를 뱉어 냈다. 과자가 모조리 산패했다. 한참을 뒤져서 건진 건, 막대 사탕과 와플 과자. 그나마도 유통기한이 아슬아슬하게 넘었다. 라면도 마찬가지. 기대하며 라면을 뜯자마자, 니글거리는 기름내만 올라왔다. 라면의 유통기한이 과자보다 훨씬 짧았다. 배신감이 들 지경이었다.

"쳇, 고작. 온갖 방부제 때려 넣었으니까 최소한 3년, 5년은 가줘야지."

경민이 울분을 토했다. 기대가 컸기에 실망도 커서 변변한 음식이 없으니 좌절감이 대폭발했다. 원전처럼.

"가공식품이 썩다니. 말이 돼?"

경민은 두고두고 상한 라면과 과자를 언짢아했다. 그러다 진열대 구석에 처박힌 옥수수와 골뱅이 통조림을 발견하고서야 불평을 끝냈다.

무리는 의류 매장으로 향했다. 화장품 가게를 시작으로 의류와 잡화, 신발 매장이 연달아 붙어 있었다. 헤이가 날다람쥐처럼 화장품 매장으로 들어갔다. 우아한 고객처럼 눈을 내리깔고서 립글로스부터 찾았다. 영양실조 탓일까. 요즘 들어 입술 각질이 수세미처럼 일어났다.

몇 개 남지 않은 립글로스를 집어 뚜껑을 열자, 통에서 새빨간 솔이 올라왔다. 헤이는 입술을 오리 주둥이처럼 내밀어 립글로스를 발랐다. 창백하던 입술이 금세 빨갛게 윤기가 흘렀다. 흑백 화면이 총천연색으로 바뀌며 활력이 생겼다. 헤이가 만족하는 미소를 지었다.

"그게 그렇게 좋아?"

묻는 경민의 목소리가 날카로웠다.

"너도 발라."

헤이는 립글로스 솔을 척 내밀었다.

"싫어. 난 그런 거 안 어울려."

경민은 단칼에 거절하였다. 어쩐지 쌀쌀맞은 태도로.

"너 입술 예뻐. 맞아, 너한텐 이런 색이 괜찮을……."

헤이가 화장품 판매원처럼 선반을 뒤적거렸다.

"한 번만 발라 봐."

헤이는 고집스레 화장품을 권유했다. 그런데 별안간 경민이 앙칼지게 고함을 내질렀다.

"됐다니까! 너 다 가져. 그리고 새것 생겼으니까 제발 버려. 선정이 꺼는……."

몇 초간 진한 정적이 흘렀다. 화장품 진열대 사이에서 둘이 서로를 응시하였다. 고작 1미터쯤 떨어졌지만 강물 반대편에 선 듯 거리감이 느껴졌다.

경민이 알고 있었어? 내가 립스틱 훔친 걸?

헤이의 눈썹이 파들파들 떨렸다. 우려하던 대로였다. 경민은 친구의 도둑질을 호되게 질타했다.

"어떻게 알았어? 언제 알았어?"

"하…… 내가 착각했길 바랐는데. 솔직히 네가 그걸 꺼냈을 때 바로 알아봤어. 그래도 널 믿고 싶었어. 내 친구잖아."

경민의 눈에 물이 그렁그렁 맺혔다. 오래도록 마음속에 담아 둔 얘기였다.

"강제로 뺏은 거 아냐. 나 아님 딴 애가 가져갔을 거야!"

헤이는 상기된 얼굴로 변명했다. 너무 당황해 립글로스를 바른 입술보다 뺨이 더 빨개졌다.

"너…… 나빴어. 선정이가 내게 부탁했어. 친언니가 생일 선물로 준 립스틱이니까 꼭 자기랑 보내 달라고. 그 립스틱, 그 애에겐 유일한 유품이야. 함께 묻히려고 남겨 둔. 근데…… 내가 선정이 사망신고하고 오니까 홀랑 없어졌더라. 나중에 네가 똑같은 립스틱을 꺼냈을 땐 정말이지……."

선정이 그런 유언을 남겼구나. 헤이는 몹시 부끄러워졌다. 쥐구멍에 뛰어들고 싶을 만큼. 그럼에도 부득불 옹고집을 부렸다.

"진작 말했음 돌려줬지. 실컷 모른 척해 놓고서. 나만 나쁜 년으로 몰아가지 마."

"누가 뭐래도 도둑질은 나빠. 게다가 친구 물건을 훔쳤잖아."

경민은 서글픈 눈으로 친구를 노려보았다. 선정의 립스틱을 가져갔느냐고 대놓고 물어볼까, 숱하게 갈등했지만 차마 친구를 추궁치 못했다. 친구 사이가 망가질까 두려웠다. 헤이에게 경민이 그렇듯, 경민에게도 헤이는 가장 마음을 터놓는 친구니까. 만약 헤이의 립스틱이 단순히 같은 제품일 뿐이면 의심한 게 미안해질 테니 여태 묻지 못했다.

"미안해."

헤이가 고개를 떨구었다. 죽은 여자애들의 화장품을 슬쩍해 왔다. 사실 그런 자신이 싫었지만 그만두지 못했다. 경민을 볼 낯이 없었다. 투명한 물줄기가 경민의 뺨을 타고 흘렀다.

"우리끼리 보듬어 줘야지. 우린 가족이고 뭐고 없어. 모든 걸 잃었어. 그런데 또…… 훔쳐 가 버리면 안 되잖아. 너무 불쌍하잖아."

마치 제가 훔치다 들킨 사람처럼 서럽게 흐느꼈다. 그 진실한 눈물에 헤이가 완전히 졌다. 돌덩어리로 맞은 듯 심장이 뻐근하였다.

"네가 왜 우냐. 울지 마. 나쁜 년은…… 난데. 으흐흑."

눈물은 쉽게 전염됐다. 헤이마저 울음을 훅 터뜨렸다. 한 손에는 쓰다만 립글로스 솔을 든 채로. 립글로스의 점성은 묽었다. 솔 끝에 새빨간 방울이 맺혔다가, 아래로 톡톡 낙하하였다. 더러운 바닥에 붉은 방울이 점점이 이어졌다. 둘은 한참을 울었다. 마주 선 채로, 또 각자의 방식으로.

"이기적이라 미안해. 날 경멸하지?"

친구가 묻자 경민이 시큰해진 제 코끝을 쥐었다.

"아니. 선정이도 안됐고, 너도 안됐어. 고작 화장품 하나로 아옹다옹 싸우는 게 엿 같아. 비참해."

"그냥 졸라 나쁜 년이라 욕해. 너 잘난 척, 다 아는 척하는 거 병맛이거든!"

헤이가 발끈하곤 부은 눈두덩을 꾹꾹 눌렀다.

"널 왜 미워하냐. 내 마지막 가족이자 친구인걸. 하긴 화장품 말고 운동화나 농구공이었음 나도 탐냈을 텐데."

경민이 너털웃음 지었다. 속을 다 까 보여서 후련해졌다. 어느 틈에 경민의 팔이 불쑥 유리 경계선을 넘어왔다. 큰 손으로 헤이의 정수리를 마구 헝클어뜨렸다.

"부러운 녀석."

"놀리지 마. 바늘 도둑이 소도둑 된다, 그딴 잔소리 할 거지?"

헤이가 눈을 세모꼴로 치켜떴다.

"아니. 헤이 넌 강해. 나보단 오래 살 거야."

"네 명줄이 훨씬 길거든, 흥!"

"그랬음 좋겠다만. 너 커서 진짜 소도둑 되는지 내 눈으로 확인하고 싶거든. 그러니까 우리 끝까지 질기게…… 콜록."

느닷없이 경민이 기침을 발작적으로 터뜨렸다. 기침이 잦아들지 않고 간격만 점점 짧아졌다. 급기야 경민은 벽을 잡고 쭈그려 앉았다. 헤이가 서둘러 경민을 부축했다. 그때, 경민이 토하듯 각혈했다. 기침을 막으려던 손바닥에 피가 흥건히 고였다. 코끝과 입가에 피가 섬뜩섬뜩 번졌다. 헤이는 경민을 와락 껴안고 도닥였다. 막연한 불안감이 파도처럼 밀려들었다.

'넌 내 마지막 가족' '끝까지' 그 표현을 경민이 어떤 의미로 썼나, 되묻기 두려웠다. 그래도 물어야만 했다.

"많이 아파?"

"가끔 목에서 피가 나. 다른 덴 멀쩡해."

경민이 당차게 소매로 입가를 훔쳤다.

"병원 가 본 거야?"

"간호사 언니한테 기침약 타왔어. 우리 중 멀쩡한 사람 있냐. 나도 종말병이지 뭐."

"하지만 의사 샘한테……."

"샘한테 말하면 정밀검사하고, 입원하란 소리밖에 더 하니. 죽어도 싫어. 입원하면 좋이잖아. 밖에 못 나가잖아. 킹콩 아파트로 못 돌아가잖아."

경민이 옅게 미소하였다. 그러고서는 계산대에서 티슈를 뽑아 손을 척척 훔쳤다. 애써 씩씩하게 행동하는 게 눈물겨웠다. 경민의 말이 옳았다. 심각한 증세가 알려지면 경민은 곧장 병동에 격리되어 진즉 서로 헤어졌을 거다.

"너 피폭 검사 5등급. 맞지?"

헤이가 조심히 질문을 바꾸었다. 등급 얘기할 때마다 경민이 미적미적 눈길을 피했었다. 그 점이 찜찜했다. 경민의 낯빛이 추락하였다가 결심한 듯 초연한 표정으로 바뀌었다.

"요번에 6등급으로 올랐어. 미안해. 쪽팔려서 말 못 했어."

불을 삼킨 듯 헤이의 목구멍이 화했다. 경민의 등급이 올랐다. 한 등급이 올랐다는 건, 죽음에 한발 가까워졌다는 것. 언제든 쓰러질 수 있었다. 현재 생과 사는 일종의 확률 게임. 검사 결과치가 높을수록 사망률이 높고 사회로 돌아갈 기회를 박탈당했다. 헤이와 경민은 그 비정한 확률 게임의 패자들이었다.

사실 둘 다 솔직하지 못했다. 헤이가 남동생을 버린 일을 숨겼듯, 경민은 제 등급을 속였다. 왜 그토록 경민이 탈출을 원했는지 비로소 이해되었다. 허무하게 생을 마감하기 전에, 반드시 살아야 할 의미를 찾고 있던 거였다.

문득 지저분해진 매장 바닥이 시야에 들어왔다. 헤이가 흘린 립글로스 액과 경민이 흘린 피가 어지러이 뒤섞였다. 빨간 것에 빨간 것이 뒤섞여 한층 선명하고 어여쁜 색깔이 되었다. 실로 오묘하게도.

거울에 비친 제 얼굴에 헤이가 흠칫했다. 입술이 시뻘겠다. 마치 경민의 피를 솔로 묻혀 바른 느낌이랄까.

거대 감자가 자라났다

"대박 득템. 나 어때?"

보영이 통통통 뛰어왔다. 그새 낡은 옷을 버리고, 꽃무늬 원피스에 청재킷을 걸쳤다. 검정 레깅스를 입고, 굽 낮은 에나멜 단화도 신었다. 머리부터 발끝까지 새 옷으로 단장했다.

"예뻐."

경민이 환히 친구를 맞아 줬다. 아픈 내색 따위 없이 건강한 미소를 짓고서는.

"어디서 찾았니?"

헤이도 천연덕스럽게 대했지만 가슴이 쿵쾅거리고 아렸다. 경민을 잃을지 모른다는 공포. 그것은 상상 이상으로 고통스러웠다. 하지만 친구의 비밀을 존중해야 했다.

"너희 입을 옷 골라 놨어. 따라와."

보영은 개선장군처럼 의류 매장으로 이끌었다. 새 신을 신은 발걸음이 경쾌했다. 헤이와 어깨를 나란히 걷던 경민이 입술을 기울여 왔다.

"탈출한 거 후회하지 않아?"

아픈 자신을 믿고 계속 갈 수 있겠는지 경민이 묻고 있었다.

"후해 안 해."

헤이가 즉답했다. 쑥스럽게 덧붙이길.

"탈출 팀에 끼워 줘서 고마워. 내가 멍청해. 진작 나올걸."

"진심? 내가 등급 속였는걸."

"상관없어. 어쨌든 아직 살아 있잖아. 나오니까 너무 좋다."

안심한 경민이 히죽 웃었다.

"짠! 이건 경민이. 요건 헤이. 어때?"

보영이 직접 코디한 옷을 흔들며 요란하게 등장했다. 옷을 보자마자 두 소녀가 웃음꽃을 와르르 터뜨렸다. 보영이 입은 것과 닮은 스타일이었다. 색깔과 패턴만 살짝살짝 다른 레깅스에 반팔 꽃무늬 원피스, 재킷까지. 모조리 같았다.

"나 참. 셋이서 쌍둥이냐."

경민의 시비에 보영의 입이 쑥 나왔다.

"기껏 골라 줬더니. 나 나름 패피거든."

"패피?"

헤이가 눈썹사이를 좁혔다.

"패션 피플. 어휴, 집에 갈 때 거지꼴로 갈래? 이왕이면 예쁘
게 하고 집에 가자 이거야. 우리 이렇게 멋지게 살아 있어요, 하
면서."

예쁘게 집에 가자. 그 말이 경민의 심금을 건드렸다. 촌스러운
꽃무늬에 찌푸렸던 미간을 풀고, 옷을 갈아입기 시작했다. 하긴
꽃무늬든 뭐든. 홈의 옷보다야 백배 나았다.

"남자애들 보면 놀라겠는걸."

헤이는 거울 앞에서 한동안 미적거렸다. 보영의 눈썰미가 썩 괜
찮았다. 특히 원피스 입은 경민을 본 게 큰 성과였다.

"짧잖아."

경민이 머쓱히 치맛자락을 잡아당겼다. 키가 월등하게 크다
보니 원피스가 무릎 위로 댕강 올라갔다. 레깅스를 입은 다리가
늘씬늘씬 드러났다.

"뭐…… 엄마가 보면 좋아하겠다. 울 엄마 늘 여자답게 하고
다니라고 난리였거든. 운동하는 것도 결사반대했지. 취미로만 하
라고."

"꼭 돌아가자. 가서 엄마 아빠 놀라 자빠지게 만들자!"

보영이 두 주먹을 불끈 쥐었다. 세 소녀는 한마음이었다.

"잠깐. 이 옷. 집 도착할 때 입을래. 아껴 둬야겠어."

경민은 옷을 벗어 가방에 고이고이 넣었다. 깨끗한 옷을 입고
돌아오는 딸을 보자마자 베란다에 선 엄마가 안심하겠지? 동네
에 도착해 킹콩 아파트가 가까워지면 갈아입으리라. 대신 옷 무

덤에서 청바지와 티셔츠를 대충 찾아 입었다. 원래의 털털한 모습으로 돌아갔다.

"진혁이 통 안 내려오네."

헤이가 2층으로 오르는 계단을 찾아서 눈을 휘돌렸다.

그때였다. 드르르륵! 난데없이 경쾌하게 굴러가는 바퀴 소음이 울렸다. 셋은 헉하며 숨을 다잡았다.

"쿨럭."

이어서 억눌린 기침 소리가 났다. 익숙한 친구들 기척이 아니었다. 즉, 지금 마트에 모르는 사람이 있다는 의미였다!

"일단 숨자."

서둘러 옷더미 뒤로 숨었다. 아까 정찰기가 떴으니 홈 관리인이 끝까지 그들을 추격 중일지 몰랐다. 드르르륵. 야속하게 바퀴가 점점 가까워지다가 곧 소녀들이 숨은 의류 매장으로 미끄러져 들어왔다. 헤이가 손가락으로 옷 틈새를 벌리고 눈을 갖다 대었다. 바퀴의 정체는 낡은 유모차. 아기는 없었다. 유모차 차양 밑으로 먼지투성이 휴지와 찌그러진 통조림이 소복이 담겼을 뿐.

유모차가 일시적으로 멈췄다. 백발의 노파가 유모차 앞으로 걸어 나왔다. 할머니가 코를 킁킁대며 의류 더미를 뒤적였다. 형클어진 머리카락이 쓸려 내려와서 옆얼굴을 가렸다.

"할……머니?"

놀란 경민이 입술을 달각거렸다. 경민이 눈을 홉떴다. 노파의 이목구비를 샅샅이 훑었다. 나가 보자며 보영이 등을 떠밀었다.

“아무래도 우리 외할머니가 아닌…… 어억!”

떠밀린 경민이 발을 삐끗 헛디뎌 그대로 앞으로 미끄러졌다. 그 탓에 어지럽게 쌓인 옷이 슬금슬금 무너졌다. 회색 스웨터가 떨어지면서 경민의 정수리에 푹 걸쳤다. 당황한 경민이 반사적으로 스웨터를 벗겨 내 휙 내던졌다.

“에구머니!”

할머니가 꿈쩍하였다. 헤이와 보영은 지원군처럼 슬몃슬몃 경민에게 붙어 섰다. 할머니는 둘은 싹 무시하고 오직 경민의 얼굴만 집요히 응시했다.

“저기, 안녕하세요. 놀라셨죠? 우린…….”

경민이 어물어물 입술을 떼었다. 주름진 노파의 얼굴이 경련하듯 실룩거렸다. 노파는 굽은 몸으로 주춤주춤 경민에게로 다가갔다.

“정우야!”

쉰 목소리로 외치고서는 경민을 덥석 끌어안았다.

“정말 경민이 외할머니? 어쩜 이렇게 딱 만나지? 이건 기적이야!”

보영이 잔뜩 흥분했다.

“설마. 정우라고 불렀는걸.”

헤이가 떨떠름히 지적했다. 낯선 할머니의 환대에 그저 어안이 벙벙했다.

“정우야, 괜찮니? 다친 데 없어?”

할머니가 주름진 손으로 경민의 팔다리를 조물조물했다. 경민은 곤혹스러운 표정이 역력했다. 할머니 손길을 내치지 않고 우선 상황을 판단하려 애썼다.

"내 새끼 왜 이리 말랐누. 밥을 제때 못 먹고 다녔구먼. 할미 보러 온 거야?"

감격한 할머니의 목이 꽉 메었다. 누구래? 헤이가 입만 뻥긋하였다. 몰라. 난들 알겠니? 경민이 고개를 절레절레 저었다.

"혹시 저 할머니. 이거?"

보영이 검지를 들어 귓가에 빙빙 돌렸다. 할머니 정신이 이상하다는 의미로. 헤이가 어깨를 좁게 올렸다. 할머니 홀로 유령도시에서 돌아다니다니. 영 범상치 않았다. 한편으로는 내심 안심이 됐다. 노쇠한 할머니가 살아남았다면 혹, 자신들도 살 수 있지 않을까.

* * *

30분 후.

아이들이 가부좌를 틀고 낡은 아파트 거실에 앉았다. 할머니가 하도 경민에게 성화해 집까지 따라와 버렸다. 마트에서 도보로 10분쯤 걸리는 아파트였다.

"할미가 어여 밥 해 줄께."

할머니가 함박 웃자 금색 틀니가 반짝였다. 오랜만의 손님맞이에 들떠 있었다.

"도와드릴까요?"

경민이 겸연쩍게 무릎을 세웠다.

"아녀 아녀. 푹 쉬거라. 여그까지 오느라 얼마나 힘들었누……."

할머니가 손사래를 치고선 부엌으로 들어갔다.

"잘 기억해 봐. 저 할머니 어디서 본 적 없어? 외할머니 동네 친구라든가."

헤이가 묻자 경민이 초조히 입술을 짓이겼다. 한숨을 길게 내뿜었다.

"맹세코 몰라. 날 손자로 착각하고 계셔. 정우라고. 서울 사는 손자가 있나 봐."

걸어오는 도중에 할머니가 이런저런 얘기를 건넸었다. 경민을 친손자로 철석같이 믿는 눈치였다.

"치매 할머니잖아. 우리 그냥 있어도 되는 건가."

진혁이 당장 도망갈 태세를 했다.

"덕분에 오늘 밤은 해결됐잖아. 할머니 적적하실 테니 하루 정도야 뭐……."

담담한 경민의 말에 아무도 반대하지 않았다. 한시름 돌리고서 집을 쓱 둘러보았다. 아파트는 좁고 낡았다. 노파가 살아 온 세월만큼이나 가재도구들이 죄다 낡아 빠졌다. 골동품이 많으나 집안은 비교적 정갈히 정리되어 있었다. 재난 중에도 할머니는 누군가를, 아마 소중한 가족을 기다리며 매일 청소해 왔으리라.

할머니가 구부정히 밥상을 들고 나왔다.

"감사합니다."

진혁과 경민이 발딱 일어나 밥상을 받았다. 헤이는 김이 모락모락 나는 음식을 감격해 바라보았다. 밥과 찌개, 반찬 종지 한 개뿐인 소박한 밥상이었다. 썩은 쌀로 지었는지 밥에서 쉰내가 올라왔다. 찌개에 든 덩어리들은 정체를 알 수 없고, 반찬으로 나온 콩조림도 뭉그러졌다. 밥알을 막론하고 전부 미미한 청록색이 섞였다.

그 녹물로 밥을? 화장실 수돗물이 떠올랐다. 세면대에서 연둣빛 녹물이 콸콸 나왔다. 수도를 한참 틀어 놓아야만 물색이 조금 옅어졌다. 그린밤이 은양산의 물을 녹차라테로 만들어 버린 걸까.

"밥이다!"

녹물 범벅 밥상이지만 식욕이 용솟음쳤다. 모두 숟가락을 쥐기 무섭게 밥을 퍼먹기 시작했다. 한 몸 누일 안정된 잠자리와 따끈한 밥 한 끼. 비록 외할머니를 만나지 못했으나 경민이 원했던 집이었다. 모두가 되찾길 간절히 바라는 집.

게 눈 감추듯 식사를 마쳤다. 진혁이 설거지를 자청하였다. 그는 배를 두드리고 있던 무명의 목덜미를 잡아채 갔다.

"이리 와. 원래 남자들이 설거지 담당이야."

"할머니는 왜 혼자 계세요?"

경민이 조심스레 캐물었다. 진짜 외할머니를 대하듯 사근사근한 말투로.

"욘석. 네 아비가 돈 벌러 갔잖누. 경기가 풀려야 말이지, 먹고 살기 이리 힘들어서야 원."

할머니는 흐리멍덩한 시선을 천장으로 쏘았다. 앞니가 숭숭 빠져 발음이 새었다. 대화가 도통 이어지지 않았다. 할머니는 현실 감각을 잃은 듯했다. 일상적인 대화를 나누다가도, 불현듯 과거의 한 시점으로 회귀하였다.

"관둬. 치매라니까."

보영이 울상 지었다. 아랑곳없이 경민은 할머니 곁에서 머물며 말벗을 자청했다. 지루해진 헤이가 본격적으로 집을 구경했다. 아파트는 작은 방이 3개고 베란다가 있었다. 첫 번째 방에는 알록달록한 장난감과 책들이, 중간 방에는 부부 물건이 가득 찼다. 가장 작은 방이 할머니 방. 분명 3대가 살던 집으로 보이는 곳에 할머니만 덩그러니 남았다.

"얘가 정우인가 봐. 서정우. 어멋! 역시 남자애잖아. 할머닌 경민일 완전 남자로 알아. 나라면 짱날 텐데. 경민이 성격 갑이다."

쫑알대며 보영이 벽에 붙은 크레파스 그림을 가리켰다. 유치원생 아이와 키 큰 소년이 물총을 들고 서로에게 쏘며 노는 그림이었다.

정우 형이랑 빵야빵야— 개나리반, 서인우

아이 글씨라 제목이 삐뚤빼뚤했다. 할머니랑 함께 사는 손자 인우가 저보다 큰 정우 형이 놀러 온 날을 그린 듯. 그럼 정우는 사촌 형이려나, 추측해 봤다.

헤이가 휴대폰 요금 고지서를 집어 들었다. 낙엽처럼 쌓인 고지서 중에서 최근 날짜는 1년 반 전. 발전소가 폭발하기 직전 것이었다. 수신자는 '강명희'로 주민등록번호 앞자리로 보아서는 할머니 이름일 듯했다.

두 소녀는 고고학자처럼 종이 유물을 뒤적거렸다. 헤이의 손길이 멈칫하였다. 할머니의 정기 건강검진 기록이 있었다. 대체로 신체적 컨디션이 양호하다는 내용과 알 수 없는 수치들이 이어지다가 막판에 '경도인지장애'라는 단어가 진하게 찍혀 있었다.

"거 봐! 머리가 이상한 거야. 치매 초기라든가. 엄마가 이모랑 얘기할 때 들었어."

보영이 의기양양하였다.

"왜 혼자 계신지 알겠네. 치매라 가족이 홀랑 버리고 간 거야. 할머니까지 데리고 도망가기 힘드니까."

보채는 자녀만 데리고 야밤에 쉬쉬하며 이 집에서 나가는 부부의 모습이 상상되었다. 할머니가 가여웠다. 아무것도 모르는 할머니는 아침에 깨어 오매불망 가족을 찾아다녔겠지. 갑자기 찬물 세례를 맞은 듯 헤이가 건강검진서를 냅다 팽개쳤다.

나도 똑같아. 동생을 버렸잖아!

변명한들 소용없었다. 헤이는 그날 혜준이 귀찮았다. 고작 유치원 버스를 기다려 주는 일이 성가셨다. 설사 남매가 함께 있었더라도 대피소에서 동생을 잘 챙겼을까. 자신이 없었다. 지금도 마찬가지다. 헤준과의 상봉을 고대하지만 그건 어디까지나 남동생이 건강히 돌아올 경우다. 만약 헤준이 아프거나 불구가 되었다면? 그런 상황은 감히 생각조차 해 본 적 없었다. 헤준이 시름시름 앓는 모습을 그려 보면 머리에 쥐가 찌르르 났다. 헤이로선 감당할 수 없이 버거웠다.

난 비겁해. 엄마 아빠한테 혼나도 싸. 헤이의 고개가 시든 해바라기처럼 축 고꾸라졌다.

* * *

그날 밤. 다 함께 이불을 깔고 거실에 드러누웠다. 진혁이 거실 TV를 켰다. 할머니를 염려한 경민이 볼륨을 낮추라는 신호를 주었으나 배려가 무색하게 TV 화면은 까맣게 죽었다. 간혹 지지직댈 뿐. 수신되는 채널이 없었다.

"내일 바로 출발하지?"

"졸려. 아침에 생각하자."

진혁이 앞으로의 일정을 묻자 경민은 얼렁뚱땅 넘겼다.

"너희. 할머니 앞에선 날 정우라고 불러. 친손자로 융숭히 대접받는데 우리도 밥값 해야지."

그저 어른스럽게 부탁하고선 돌아누웠다. 보영과 진혁은 베개에 머리를 대자마자 코를 골며 잠들었다. 길고 긴 하루였다. 13 홈을 탈출해 은양산 신도시로 들어왔고, 우연히 치매 할머니의 집까지 굴러들어 왔다! 그 과정이 주마등처럼 눈꺼풀에 달라붙었다. 그나저나 홈의 좁은 1인용 매트가 아니라 보통 집의 거실에 누워 있으려니 감회가 새로웠다.

꾸벅꾸벅 졸던 헤이는 도중에 잠이 퍼뜩 깨어 버렸다. 누군가 그녀의 명치를 아프게 눌렀기 때문이었다. 무명이었다. 진혁과 누웠던 그가 잠결에 헤이 곁으로 옮겨 왔다. 그는 갓난아이처럼 두 손을 가지런히 모으고 헤이의 품에 얼굴을 비볐다.

"이게 미쳤……."

소스라친 헤이가 욕하며 그를 밀치려는 찰나였다.

"누나."

잠에 찌든 그의 입술이 나른히 속삭였다. 헤이는 찌릿하였다. 코끝으로 멀뚱히 그를 내려다보았다. 무명은 깊이 잠들었다. 아교풀로 바른 듯 긴 속눈썹을 꼭 붙이고서.

'남자가 여자 좋아하는데 이유 있어? 봐, 무명이 너 쳐다볼 때면 눈이 흐물흐물하다니까.'

경민의 추측이 빗나갔다. 무명은 헤이를 이성으로 보는 게 아니었다. 그저 그리운 엄마 품 대신이었다. 희한하게도 헤이에게 무명의 마음이 정확히 보였다. 한 손을 어색하게 무명의 등 위로 올렸다. 손가락 세 개로 등을 토닥여 주었다.

그러다 헤이가 깜짝하며 무명의 등을 훑어 내렸다. 촉감이 묘했다. 가볍게 손끝으로 찔러 보니 무명의 등살이 푹푹 꺼져 들어갔다. 소년의 몸은 기묘했다. 피부가 두부처럼 무르고, 척추가 굽은 등을 따라 나선형으로 휘었다. *얜…… 곧 죽을 거야.* 바람 앞 등불처럼 무명의 생명이 시시각각 꺼지고 있음을 직감하였다.

경민은 피폭 6등급이고, 무명의 몸은 하루가 다르게 허물어지고 있었다. 나머지 아이들 컨디션도 썩 좋진 않았다. 진혁과 보영은 황달 환자처럼 얼굴이 누렇게 떴다. 헤이도 자꾸만 몸이 으슬으슬했다. 종말병이 아이들 몸을 갉아 먹고 있어 어쩔 수 없었다.

누나. 무명이 다시 중얼거리곤 헤벌쭉하였다. 헤이의 심장이 지끈거렸다. 죽어 가는 무명이 가여웠다. *너한테도 진짜 누나가 있었을까. 그래, 내가 착하니까 오늘만 봐준다.* 헤이는 그를 살포시 안아 주었다. 무명에게도 엄마가, 아빠가, 그리고 몇 살 위 누나가 있었다. 그 생각에 무명이 가까이 느껴졌다. 오늘 밤만은 헤이가 무명의 누나가, 무명이 헤이의 남동생이 되어 줄까.

달도 가려진 까만 밤. 그 밤이 두 사람 이마에 거무죽죽한 그림자를 드리웠다. 무명의 호흡이 평온히 이어졌다. 이따금 아기 고양이처럼 목구멍을 갸릉갸릉 울리는 소년의 숨결을 느끼면서 헤이는 모처럼 꿀잠에 들었다. 정말이지 오랜만에 찾아온 고요하고 평화로운 밤이었다.

* * *

벌써 사흘째. 할머니 집에서 며칠을 어영부영 흘려보냈다.

"정우야, 할미랑 나물 캐러? 향이 좋아."

할머니는 틈틈이 경민을 불렀다. 경민은 싫은 기색 없이 그 부름에 부응했다. 이젠 모두 정우 이름에 익숙해질 지경이었다. 아파트 베란다 화단에 잡초인지 쑥인지 모를 풀이 푸르스름 돋아났다. 심어 놓은 감자는 싹이 무릎까지 치솟고, 고구마 알은 갓난쟁이 머리만큼 굵었다. 야채가 무럭무럭 아주 거대하게 자라고 있었다.

"감자랑 고구마 대박 커."

경민이 혀를 내둘렀다. 방사능 때문인가. 당연한 의심이었다. 거대 감자와 고구마뿐 아니라 합성 첨가제를 퍼부은 듯 선명한 청록 풀이 만만치 않게 거슬렸다.

초록 구름이 걷히자,
하늘은 더욱 푸르러졌다

"우리 정우. 손이 야물어."

할머니와 경민이 화단에 웅크리고 사이좋게 풀을 뽑았다. 무명은 급격히 컨디션이 나빠져 이젠 거실 소파에 누워만 있었다. 벽을 잡고 일어나다가 균형을 못 잡고 고꾸라지기 일쑤였다. 등은 연체동물처럼 흐느적대고, 전신이 땀에 절어 끙끙 앓았다. 큰 눈망울에 고통스러움이 가득했다.

"먹어."

헤이가 그린비타민을 잔뜩 주었다. 더 해 줄 수 있는 게 없어서. 꼬박 한 시간 만에 경민이 베란다에서 나왔다.

"언제 출발할 거냐. 오늘은 나가야지."

진혁이 신경질적으로 닦아세웠다. 이대로 할머니 집에서 눌러

살까 싶어 조바심이 컸다.

"점심 먹고 바로. 갈 길이 멀어."

드디어 경민이 단호히 선언했다. 헤이가 할머니 애길 꺼내자 경민이 고개를 휘저었다.

"할머니한테 우리랑 같이 가자고 여쭤 봤거든. 근데 죽어도 싫대. 나보고 서울 가서 돈 벌어 오라시더라."

진혁과 보영은 잠자코 들었다. 내심 경민이 할머니까지 데려가려고 했다는 사실에 뜨악하였다. 각자 바지런히 짐을 챙기던 중이었다. 치지직. 느닷없이 전기 소음이 들렸다.

"어라. TV가 나와!"

헤이가 소스라쳤다. TV 앞으로 내달려갔다. 소파에 누운 무명이 아까부터 멍하게 리모컨을 눌러 대고 있었다. 그러다 불현듯 화면이 켜진 거다. 수신 상태가 나빴다. 화면이 난잡하게 흔들리다가 갑자기 허옇게 밝아졌다.

"……."

뉴스 채널이 떴다. 여자 아나운서가 심각한 표정으로 뉴스를 전달하고 있었다. 사운드가 먹통이라서 목소리는 전혀 들리지 않았지만 TV가 켜졌다는 사실만으로 몹시 흥분되었다. 화면에 생생한 에너지가 소용돌이쳤다. 이제껏 홈에서 틀어 주던 방송과는 딴판인 살아 있는 방송이었다.

"진짜다. 실시간 뉴스야!"

진혁이 자막에 뜬 날짜와 시간을 손가락질하였다.

대국민 시위 열흘째, 전국 마비!
동시다발적으로 일어난 대규모 시위로
국가 디폴트 사태 초래!

새파란 뉴스 타이틀 아래로 성난 군중이 비췄다. 사람들이 청와대와 국회 앞에 구름떼같이 몰려 피켓을 흔들고 있었다. 시위 현장은 서울을 포함하여 여러 곳. 거의 전국 단위인 데다 동시다발로 대규모 시위가 벌어지고 있었다. 따라서 카메라 시점이 정신없이 바뀌었다. 온갖 지역이 돌아가며 나왔다. 어디를 비추든 엇비슷한 시위 풍경이였다.

치지직. 불안정한 화면이 흑백과 컬러를 오갔다. 홈과 안전도시처럼. 지옥과 천국처럼.

"제발."

헤이는 TV가 버텨 주길 간절히 빌었다. 사람들이 든 피켓을 재빨리 읽어 나갔다. TV 소리가 들리지 않으니 뉴스 내용을 알려면 읽어야 했다. 한 줄이라도 더!

인간은 집에서 죽을 권리가 있다.
사람은 쇠고기가 아니다. 인간 등급제를 폐지하라!
피폭 등급제 아웃!
대한민국 주권은 국민에게 있다.
홈의 전체 명단을 공개하라!

저마다 등급제의 폐해를 성토하는 피켓이었다. 수많은 이들이 홈이 빼앗은 가족을 돌려 달라고 외쳤다. 정부가 주도하는 거대한 이재민의 감옥인 빅 홈을 열고, 가족을 돌려 달라고 목이 터져라 울부짖었다.

소리 없는 아우성!

그들의 함성이 그린가스와 TV를 넘어 13홈 아이들 심장까지 흘러들어 왔다. 헤이는 완전히 동요되었다. 전율로 손과 발을 부르르 떨었다. 마치 본인이 지금 저 시위대 중간에 선 느낌이었다.

"이런…… 살아 있잖아. 저렇게나 많은 사람이."

경민의 눈물샘이 팍하고 터졌다. 평소 냉철한 진혁도 안경을 벗고 눈물을 훔쳤다. 보영은 울음을 꺽꺽 토해 내었다. 헤이의 물기 어린 망막이 끊임없이 TV 화면을 더듬었다. 조금이라도, 뭐라도. 빅 홈의 바깥세상에서 일어나는 일을 알고 싶었다. 알아야만 했다.

어쨌거나 이제 하나는 확실해졌다. 세상은 죽지 않았다는 것. 죽은 초록만 있는 게 아니라는 것. 여전히 사람이 살고, 다채로운 색이 살아가고 있다는 것.

"아!"

헤이의 눈매가 화등잔처럼 둥그레졌다. 시위 장면이 막 경남 쪽으로 옮겨 간 순간이었다. 카메라가 장원 시청 건물에 빽빽하게 선 선봉대를 비췄다. 한 체크무늬 셔츠의 아줌마가 카메라를 의식하고 저돌적으로 피켓을 흔들었다. 그 중년 여자는 먹지도 자지도 못한 듯 상당히 초췌했다. 헤이는 전속력으로 TV로 달려가 거미처럼 화면에 착 매달렸다.

하늘이 도왔을까. 아줌마의 얼굴이 화면 꽉 차게 클로즈업되었다. 그새 더 마르고 늙었다. 고운 치마 대신 낡은 청바지를 입고, 정갈한 단발은 어깨 너머로 파뿌리처럼 세어 버렸다. 행색이 궁색해 노숙자라 한들 믿을 터지만. 주름지고 인자한 눈과 콧등의 세모 점은 여전했다. 겉모습이 아무리 바뀐들 피를 나눈 가족을 못 알아볼 리 없었다. 그 체크무늬 아줌마는 바로 헤이의 엄마였다!

엄마는 목에 핏대가 울긋불긋하도록 고함을 쳤다. 비록 고장 난 볼륨 때문에 그 목소리가 무음 처리 되었거늘. 그 필사적인 호소와 절규의 몸짓은 고스란히 전달되었다.

최후의 한 아이까지 가족의 품으로!

엄마가 든 피켓의 글자는 붉게 번졌다. 손가락 혈을 짜내 쓴 것처럼 새붉은 글씨. 그 붉은 글자가 멀리 있는 딸의 가슴속으로 오롯이 스며들었다.

엄마가 장원에 있어. 엄마가, 엄마가 날 찾고 있어. 헤이의 심장이 홧홧하게 타올랐다. 할 수만 있다면 TV 속으로 기어들어가리라. 그리움에 북받친 헤이가 꺼이꺼이 외쳤다.

"엄마아아!"

"화면 가리잖아. 지금 뭐 하는 거야."

버럭 하는 진혁에게 헤이가 울면서 맞고함을 쳤다.

"저 사람, 우리 엄마야! 엄마라고!"

어어. 아이들이 입을 다물지 못했다. 헤이가 드디어 맛이 갔구나, 가족이 너무 그리워 착시현상이 일어났나? 시력이 떨어졌나? 별별 의문이 들었다.

"진짜야. 울 엄마 저기 있어. 엄마아아! 나 살아 있어. 여기 있다고!"

흥분한 헤이는 TV를 껴안다시피 하였다. 엄마가 담긴 TV를 만지며 하염없이 울어 댔다. 카메라는 매정했다. 화면이 금세 전환되었다. 체크무늬 아줌마는 화면에서 사라져 버렸다. 완전히.

"정말 엄마였어?"

놀란 경민이 다가와 친구의 어깨를 다독였다.

"믿어 줘. 잘못 본 거 아냐. 진짜 우리 엄마란 말이야."

"그래…… 살아 계셨구나. 잘됐다. 정말로…… 으흐흑."

경민은 친구를 믿어 주었다. 두 사람은 격하게 부둥켜안았다. 서로 어깨에 기대어 엉엉 울었다.

"다행이야."

보영까지 합세하였다. 거실은 숫제 눈물바다가 되었다. 뒤편에 선 진혁이 안경을 재차 벗고 주먹으로 고인 눈물을 훔쳐 내었다. 환희의 울음이었다. 부모가 자식을 잊지 않고, 그들을 되찾기 위해서 고군분투하고 있다는 걸 깨닫고서 흘리는 안도의 울음이었다. 또한, 경이로움의 울음이었다. 희망찬 울음이었다.

파티 분위기에도 무명만 조용했다. 소파에 인형처럼 널브러져서는 정작 본인이 TV를 켠 사실조차 몰랐다. 그리고 만지작대던 TV 리모컨이 무명의 손에서 툭 하고 바닥에 떨어졌다. 무명은 들쑥날쑥 호흡을 뱉었다. 사지가 뻣뻣이 경직되고, 목에서는 바람이 쌕쌕 새기 시작했다. 아이들은 흥분의 도가니였다. 그래서 무명이 이상하다는 걸 알아차리지 못했다. 헤이는 기쁨에 방방 날뛰었다.

"빨리 가자. 가서 엄마한테 말해야 해. 내가 동생 헤준이, 헤준이를…… 히끅."

울다가 소리 지르다가, 딸꾹질까지 튀어나왔다.

"됐다. 요걸로 쑥국 끓여 주마."

내내 베란다에 머물던 할머니가 풀이 가득한 소쿠리를 들고 문틀을 밟았다. 그 순간이었다. 콰아앙! 요란한 폭음이 터졌다. 베란다에서 초록빛 가스가 뭉게뭉게 피어올랐다. 모두가 혼비백산 흩어졌다. 거인이 엄지로 누른 듯 베란다 외부의 철제 새시 한쪽이 우그러졌다. 뭔가가 아파트를 강타한 것이다.

"어떡해. 또 왔어."

헤이가 하늘을 종횡무진 날아다니는 물체를 가리켰다. 낯익은 브론코. 수가 늘어서 셋이나 줄지어 나타났다.

"별거 아냐. 정찰 끝내고 은양산 전체를 소독하려는 거겠지."

경민이 입술을 비죽거렸다. 하지만 열린 창을 통해서 거실로 비집고 들어오는 그린가스가 예사롭지 않았다. 가스에 숨이 턱턱 막혔다. 홈을 소독할 때보다 몇 배로 독했다. 캑캑. 아이들은 다투듯이 잔기침을 토해 냈다. 이미 집 안에 연기가 자욱했다. 연기를 휘저을수록 향이 더 매워졌다. 눈이 아리고 콧물이 줄줄 흘러나왔다. 할머니의 안색이 희부옇게 질렸다. 그녀는 다짜고짜 경민의 팔을 잡고 현관으로 떠밀었다.

"정우야, 초록 괴물이 왔어. 잡아먹히기 전에 어서 가야 혀. 가!"

쾅!

때마침 두 번째 그린가스가 터졌다. 우연일지 고의일지 알 수 없으나, 브론코가 다시 베란다를 명중시켰다. 생물의 움직임을 포착하고 가스를 떨어뜨리는 듯했다.

"나가자. 그린밤 쏴서 우릴 죽이려나 봐. 세계대전 때 독일이 유대인을 말살하려고 독가스실에 가뒀었잖아. 여긴 좀 났어. 은양산에서 나가야 해!"

진혁이 끔찍한 역사를 되새기며 공포에 질렸다. 멀어졌던 정찰기가 재차 우회하며 저속 비행을 시작했다. 겁에 질린 아이들은 현관으로 몰려나갔다. 경민은 무명부터 챙겼다.

"도와줘. 무명이 데려가야지."

"내가 갈게."

헤이는 초록 안개를 헤치고 들어갔다. 구름 속을 걷듯 헤매다가, 겨우 무명의 팔을 찾아 끌어당겼다. 무명은 신음만 끙끙 흘렸다. 그새 진혁이 돌아와 함께 무명을 잡고 부축했다. 무명은 몸을 일으키지 못하고 철퍼덕 고꾸라졌다. 혀가 마비됐는지 말은 못 하고 걸쭉한 침만 흘렸다.

"무리야. 몸이 돌덩이야."

체념한 진혁이 그의 팔을 놓아 버렸다. 무명의 눈동자가 초점을 잃었다. 대신 헤이의 손목만 움켜잡았다. 헤이는 차마 그 손을 뿌리칠 수 없었다.

"갠 틀렸어. 제발 나가자. 이러다 전부 죽는다고!"

안달하며 보영이 베란다를 힐끗댔다. 눈으로 브론코의 동선을 끈덕지게 쫓았다.

어서어서. 할머니가 다급히 경민을 현관 쪽으로 떠밀었다. 난감해진 경민이 눈을 지그시 감았다. 단호히 결정을 내려야 할 순간이었다. 망설이던 경민은 이를 악물고서는 무릎을 굽혔다. 의식을 잃어 가는 무명의 얼굴을 들여다보았다. 울먹이는 음성으로 뇌까렸다.

"미안해. 무명아, 우리…… 먼저 갈게."

"미안. 정말 미안해."

헤이도 아랫입술을 깨물고 소년의 머리통을 살살 쓰다듬었다. 다시는 만날 수 없겠지. 막상 작별 인사를 하려니 심장이 쓰라렸다. 그래도 가야 했다. 헤이는 잡힌 손목을 천천히 뺐다. 무명이 발작하며 더욱 강하게 손을 그러쥐었다. 헤이의 손이 최후의 동아줄이라는 듯이. 겁먹은 헤이가 손목을 필사적으로 비틀었다.

그 짧은 찰나에 둘의 시선이 씨줄과 날줄처럼 교직했다. 무명의 동공에 헤이가 담뿍 담겼다. 별안간 그는 활짝 미소하였다. 이로써 만족한 듯 해사한 웃음을 띤 채로 잠시 버티다가 무명이 고개를 픽 떨어뜨렸다. 그는 뒤집힌 거북이처럼 전신을 달달 떨었다. 낡은 소파가 삑삑거리다가, 금세 고요해졌다. 무명은 그대로 숨을 거두었다.

죽었어? 이렇게 갑자기? 헤이는 망연자실해졌다.

"가방 챙겨. 시간 없어!"

진혁이 호통쳤다. 얼빠진 헤이가 비틀비틀 돌아섰다. 죽은 무명을 차마 다시 보기 힘들었다. 제 가방을 끌어안고 발만 재촉하였다.

"감사했습니다."

현관을 박차고 나가다 말고 아이들이 할머니에게 넙죽 인사했다.

"무사히 가거라. 저 아인 내가 묻어 줄게. 걱정 말어."

할머니가 인자한 미소를 보내었다.

"정말 안 가실 거예요?"

경민이 주저하였다. 할머니는 푸르스름한 안개를 등진 채로 주름진 입술을 오물거렸다.

"고마워. 내 죽더라도 학생은…… 잊지 않아."

다정히 마지막 인사를 하는 할머니. 처음으로 경민에게 정우의 이름을 빼고, 학생이라 불렀다. *할머닌 미치지 않았어!* 등줄기에

소름이 오소소 끼쳤다.

처음부터 할머니는 경민이 제 손자가 아닌 걸 알았다. 그런데도 경민을 정우라고 불렀다. 그리움에 사무쳐 손자 이름이라도 실컷 부르고 싶었던 걸까. 그 깊은 마음을 헤아릴 순 없었다.

"다시 올게요. 우리 꼭…… 기다리세요."

"그려. 또 오너라."

할머니의 모습이 흐릿해졌다. 얄미운 초록빛 안개가 서서히 노파의 움츠린 몸을 집어삼켰다.

"제발. 제발 건강하세요!"

경민은 끝까지 고함질렀다. 할머니가 들을 수 있게끔.

위이이잉. 콰아앙!

브론코가 지치지 않고 그린밤을 투하하였다. 주로 주택과 아파트가 밀집한 주거 단지를 향하여 쏘아 댔다. 그 사실을 알아챈 아이들은 신도시 밖으로 내달렸다. 하늘을 날아다니는 초록 괴물을 피하려면 딴 방법이 없었다. 오로지 전력 질주할 밖에는.

* * *

치리리링.

자전거 넉 대가 기다란 산복도로를 쏜살같이 굴러나갔다. 기어코 은양산을 벗어났다. 아이들은 도중에 버려진 자전거 가게를 발견하고 각자 마음에 드는 자전거를 골라서 탔었다. 최악의 상황은 벗어났다. 그린밤을 따돌렸고, 다친 사람도 없었다. 한동안 이 자전거가 든든한 다리가 되어 줄 터였다.

"가다가 자동차로 바꿔 타자. 장원까지 어느 세월에 가. 분명 키 꽂힌 차가 있을걸."

진혁이 틈만 나면 차 타령이었다. 운전도 못 하는 주제에, 고철 자전거에 벌써 진이 빠졌다. 그는 머리만 똑똑한 몸치였다. 땀을 뻘뻘 흘리며 자전거 바퀴를 동당동당 굴리는 모습이 우스꽝스러웠다.

"멀리 왔어. 좀 쉬자."

경민이 버거워하는 친구를 위해 휴식을 제안했다. 헤이는 능숙히 자전거를 세웠다. 일단 화장품 파우치부터 꺼내었다. 은양산에서 멀어질수록, 한 발이라도 더 장원에 가까워질수록 화장이 진해졌다. 엄마를 만날 생각에 설레었다. *아픈 사람으로 취급당하기 싫어. 건강하게 보여야지.* 다짐한 손이 바빠졌다. 헤이는 특별히 아끼는 마스카라를 꺼내었다. 정성스레 속눈썹에 칠하기 시작했다.

"무명이 가방까지 들고 왔어?"

문득 경민이 진혁의 자전거를 주시하였다. 자전거 바구니에 가방이 두 개. 둘 다 검은색. 그중 하나가 무명의 가방이었다.

"나도 모르게."

진혁이 뒷덜미를 긁적거리곤 그 가방을 끄집어내었다.

"열어 보고 버려야겠다 싶어서. 실은 전부터 궁금했거든. 아, 너희는 모르나. 숙소서 무명이 하도 가방을 애지중지해서 말이야. 필광이 도와주는 척 무명이 가방을 아무도 건드리지 못하게 감싸 주곤, 그걸로 얼마나 부려 먹었는지. 오라면 오고, 가라면 가고. 완전 필광이 종이었어."

진혁이 지퍼를 열면서 주절주절하였다.

"악마 새끼."

경민이 이를 빠드득 갈았다.

"필광이가 그 가방에 별거 없다 했지만, 또 모르잖아. 안에 쓸 만한 게 있을지. 금이나 보석이라든가."

"퍽이나."

콧방귀 뀌곤 보영이 바윗돌에 퍼져 앉았다. 진혁 혼자 신나서 떠들 뿐, 다들 심드렁했다. 헤이가 물을 꿀꺽꿀꺽 들이켰다. 할머니 집에서 페트병으로 퍼 온 녹물이었다.

이틀? 사흘? 곧 도착할 거야. 길은 잘 모르지만, 장원은 멀지 않은 곳이야. 의욕이 활활 불타올랐다. 눈을 감아도 시위대 앞에 선 엄마가 아련했다. 처음에는 탈출이 무모하게만 느껴졌거늘. 이젠 정말로 가족을 만날 수 있다는 희망이 샘솟았다.

"일단 장원에 가서 헤이 엄마부터 찾자. 아줌마가 우릴 도와줄 거야."

경민의 기대감도 팽팽히 부풀었다.

"어라, 진짜 보석이네? 제법 영롱한걸. 이거 에메랄드인가."

들뜬 진혁이 손바닥에 올린 건, 큼지막한 유리알 반지였다. 유리알 속 일렁거리는 파란 액체가 찬란한 햇빛에 투과되어 반짝반짝 빛났다. 장난기 어린 소년의 눈동자처럼.

"싸구려 장난감. 우리 동네 문방구에도 실컷 팔거든."

보영이 콧김을 흥흥 쐈다.

"이리 줘 봐!"

반면에 헤이가 기겁하며 달려들었다. 솔개가 병아리 낚아채듯 친구 손에서 반지를 채갔다. 반지를 살피는 헤이의 동공이 점점 확장되었다. 착각이 아니었다. 파란 에메랄드를 닮은 가짜 보석 반지. 매우 낯익었다. 충격에 휩싸인 헤이는 말을 잇지 못했다.

그 천 원짜리 싸구려 반지. 우는 동생을 달래기 위해 손에 억지로 쥐여 준 그 반지. 헤준을 홀로 길바닥에 두고 가는 게 미안해 죄책감을 덜려고 이용했던 바로 그 반지였다. 유리알 표면에 난 납작한 하트 모양 스크래치까지. 정확히 똑같다!

헤이는 하염없이 반지를 만지작거리다가 먹먹해진 말투로 캐물었다.

"무명이 거야? 진짜로?"

"봤잖아. 무명이 가방서 꺼내는 거."

진혁이 턱을 까딱였다. 헤이의 전신에 전율이 끼쳤다.

분명 헤준이한테 줬는데. 무명이 왜 이걸 가지고 있어. 설마 딴 홈에서 만난 헤준이 이걸 준걸까. 근데 왜 무명이한테? 당장 왔던 길을 되돌아가 무명을 만나야 했다. 물어야 했다. 헤준을 만난 적 있냐고. 혜준이 물건을 네가 왜 가지고 있냐고. 설마설마. 혹시라도 네가…… 내 남동생 혜준이냐고!

그러기에는 너무 늦었다. 이미 무명은 죽었다. 남동생 혜준의 행방은 영영 오리무중이 되었다. 무명이가 혜준이? 말도 안 돼! 헤이는 그 '말이 안 되는' 가능성을 따져 보기 시작했다. 동영에서 가장 극심한 고통을 받았던 이재민들의 집, 1홉. 혹여 그곳에서 상상을 벗어나는 일이 생긴 걸까. 혜준은 당시 여섯 살. 기껏해야 올해 여덟 살이 되었다. 어린 소년의 몸에 끔찍한 생화학적 반응이 일어났을까. 그래서 아이가 그 짧은 시간에 자기만큼 커 버렸을까? 감히 상상하기조차 힘들었다.

어쨌든 다시 헤이는 가슴 치며 후회하게 되었다. 무명을 좀 더 잘 챙겨 줬어야 했다고.

"대체 왜 그래?"

친구의 반응이 심상치 않다 느낀 경민이 곁으로 다가왔다.

"이거…… 내 반지야."

한참 만에 헤이가 실토하였다. 파란 보석 반지를 꽉 움켜쥔 채로.

"에? 그게 무슨 말이야?"

"내가 직접 내 동생 혜준이한테 준 반지라고!"

모두 고개를 갸웃하였다. 헤이의 남동생 얘기는 처음이었다. 갈피를 잡지 못했다.

"그 가방 봐야겠어."

헤이는 정신 나간 사람처럼 일어섰다. 허둥지둥 무명의 가방을 집어서 거꾸로 탈탈 털었다. 별건 없었다. 구깃구깃한 옷가지와 누리끼리 바랜 속옷, 소지품 몇 개. 대부분 홈에서 나눠 준 생필품뿐이었다.

그때 앞주머니에서 수첩이 툭 떨어졌다. 등록증이었다. 이재민은 원칙적으로 첫 홈에서 본인의 사진을 찍고 신상을 등록했다. 당연히 무명은 1홈에서 신상을 등록했다. 냉큼 등록증을 집어 든 헤이가 까무러쳤다.

"혜준?"

등록증에 꿈에도 잊지 못할 동그란 얼굴이 있었다. 말도 안 되는 일이 정말로 벌어졌다. 여섯 살 소년이 고작 일이 년 만에 십 대 중반의 몸으로 급성장했다니!

원자력발전소가 터지자마자 혜준은 길거리에서 쓰러졌다. 다행히 금방 사람들에게 발견되어 1홈으로 옮겨졌으나 그때 충격으로 후두부를 다쳤다. 결국 제 이름조차 말하지 못해 무명이 되었다. 이름 없는 아이가.

홈에서 바이러스처럼 떠돌던 섬뜩한 소문들. 새삼 헤이의 뇌리를 스쳐 지나갔다.

"피폭 부작용으로 조로증 걸린 사람, 있댔어."

화장터로 실려 나가던 백발노인에게 아이들이 웅성거렸었다.

"조기 노화증이라고 하는데…… 비정상적으로 세포 분열이 빨라진 거지."

“하여간 노화증은 무서운 병이야. 꾸준히 진행되고 완치약이 없어. 설사 정체기가 있대도 이런 여건에선 얼마 못 버텨. 몇 달 정도면 티가 확 나.”

양 샘도 말했었다.

“누나.”

무명은 첫 만남부터 헤이를 그리 불렀다. 정신이 오락가락하는 중에도 그는 가족을 알아보고 헤이의 주변을 뱅뱅 돌았다. 이 비극은 전부 헤이 탓이다. 남동생에게 반지를 아무에게도 보여 주지 말라며 으름장을 놓았던 게 바로 자신이니까.

“아무한테도 그 반지 보여 주지 마. 약속 어기면 누나 이제 너랑 안 놀아 줄 거다, 절대로!”

그날 헤이는 동생의 유치원 차를 기다려 주지 않는 일이 부모님 귀에 들어갈까 전전긍긍이었다. 그래서 순진한 동생을 겁박했다. 그 겁박은 잔인한 부메랑이 되어 돌아왔다. 무명은 그 반지를 얘기하거나 보여 주지 않았다. 아무에게도. 하물며 헤이에게도! 그는 누나와의 약속을 철두철미하게 지켜 냈다.

결국 헤이는 끝까지 남동생을 알아보지 못했다. 진혁이 가방을 가져오지 않았다면 무명이 혜준이라는 사실을 깨닫지 못했을 타다. 영원히 모르는 채로 혜준의 소식을 기다렸으리라. 미련하게.

극심한 고통이 치밀었다. 헤이의 심장이 조각조각 뜯겨 나가는 통증이었다.

"무명이 내 동생이야. 진짜 내 동생! 바보는 나였어."

망연자실해 오열하였다. 아이들은 저마다 귀를 의심하며 당혹해하였다. 헤이는 주저앉았다. 계속 통곡했다. 얼굴은 눈물 콧물 범벅. 곱게 한 화장이 흉측히 번져 버렸다. 정성껏 바른 마스카라는 꺼먼 물줄기로 변해 뽀얀 뺨을 더럽혔다. 검은 눈물이 주르륵주르륵 흘러나왔다. 헤이는 무명의 가방을 꽉 끌어안고 뺨을 비벼 댔다.

"너였구나! 너였어. 멍청한 난 그것도 모르고."

그놈의 방사능 때문인가. 내가 미쳐 버렸나? 여전히 믿기 힘들었다. 그렇다고 반지를 부정할 수도 없었다. 만약 무명이 헤준이든, 헤준이 아니든, 이제 되었다. 잠시나마 무명을, 남동생의 소중한 발자취를 만난 일에 감사하고, 또 감사할 뿐이었다.

* * *

콜록콜록.

기침이 봄을 맞은 꽃망울처럼 툭툭 터져 나왔다. 헤이는 무의식중에 입을 가렸던 손바닥을 확인하였다. 한 떨기 진붉은 꽃이 노란 가래 덩어리와 질척질척한 거품에 뒤섞여 피어나 있었다.

"피가……."

붉은 꽃을 덤덤히 내려다보았다. 갑자기 기침이 심해졌다. 기침하다 피가 터진 게 처음은 아니나 오늘따라 뱉어 낸 피가 놀랍도록 검붉었다. 숨을 크게 들이쉴 적마다 폐를 비틀어 쥐어짜는 고통이 뒤따랐다.

"괜찮아?"

경민이 고개를 휘돌렸다. 그녀는 땅에 꿇어앉아 제 자전거 바퀴를 살피는 중이었다.

"거뜬해."

헤이는 황급히 피가 묻은 손바닥을 바위에 문질렀다. 돌이 시커먼 덕분에 붉은 혈액이 얼룩처럼 감춰졌다. 때마침 불어 든 바람결에 걱정을 훌훌 날려 보내었다.

나 아파. 조금 아파. 그래서 뭐? 아직은 살아 있잖아.

엄마가 장원에서 헤이와 헤준 남매를 기다리고 있었다. 헤이는 엄마에게 해 줄 이야기가 한 보따리였다. 밤을 꼴딱 지새워도 다 풀지 못할 만큼 기나긴 이야기가.

세상에서 가장 의젓하고 사랑스러웠던 소년의 이야기를 들려주려면 가야만 했다. 반드시 엄마를 만나야 했다. 새로운 목표가 육체적 한계치를 넘어섰다. 헤이를 멈추지 않고 끈질기게 움직이게 만들었다.

"됐다. 다들 준비됐어?"

자전거 점검을 마치고 경민이 씩씩하게 소리쳤다. 헤이가 수그린 턱을 들었다. 경민이 눈썹을 찡긋찡긋 윙크했다. 헤이가 무명이 친동생일지 모른다고 고백했을 때 경민은 조용히 경청했다. 회한, 슬픔, 충격. 헤이 혼자 주체하지 못하는 감정들을 마음 넓게 포용해 주었다. 본인이 어린 남동생에게 얼마나 나쁜 누나였는지를 고해성사하고 나니, 헤이는 차라리 후련해졌다. 비로소 부모님을 만나러 갈 자격이 생긴 듯했다.

반대로 진혁과 보영은 헤이를 불신하는 표정이 가득했다. 헐. 아까는 TV에 나온 아줌마가 엄마라더니, 이젠 무명이 친동생? 제정신이 아니구나. 진혁은 때때로 친구를 애처로이 응시했다.

"하늘이 파래졌어. 웬일."

보영이 호들갑스럽게 하늘을 가리켰다. 정말이었다. 녹색 구름이 싹 걷혔다. 높은 하늘 중간에서 태양이 말간 얼굴을 으스대고 있었다. 헤이가 눈살을 와락 찌푸렸다. 눈이 부셔 뜰 수 없었다. 참 오랜만에 만나는 맑은 하늘에 오히려 당황스러웠다.

은양산을 확실히 벗어난 걸까. 장원으로 제대로 가는 중일까? 초록 구름이 시나브로 옅어졌다. 그 징글징글한 썩은 풀색을 잠시간 떨어내고서, 하늘은 기어코 청명해졌다. 비로소 온전한 본연의 색을 되찾았다. 둥근 가슴을 당당히 내밀고서 그 아름다운 빛깔과 자태를 뽐내었다.

푸른 하늘이 이토록 반가울 수가! 잠시 병들었을 뿐, 어쨌든 하늘도 살아 있었다. 여전히 불굴의 생명력을 과시하며 살아 있었다. 헤이가 물끄러미 왼손을 내려다보았다. 거기에도 작은 하늘이 있었다. 새끼손가락에 낀 유리구슬 반지가 푸릇푸릇 빛났다.

"하늘은 원래 파란 거야. 뭐 특별한 거라고."

진혁이 뚱하게 반박했다. 그런 주제에 반가운 표정을 감추지 못하였다.

"졸지 말고 정신 바짝 차려. 오늘 할 일 많거든."

환한 빛살에 감싸여 경민이 멍해진 헤이를 재촉했다. 경민은 태양에 쉽게 녹아들지 않았다. 각진 두 어깨로 태양을 듬직하게 짊어지고서는 태양을 컨트롤하고 있었다. 녹색 하늘에 맞서듯이, 강한 햇살에도 꿇지 않았다.

태양이 졌다. 햇살은 경민을 녹이지 못했다. 빛은 보드라운 소녀의 몸을 휘몰아 우아하게 굴절하였다. 그리하여 한층 더 깊고 영롱한 빛이 되어 경민을 보호하듯 에워쌌다.

"밥 든든히 먹었겠다. 배 꺼지기 전에 가야지. 잡고 일어나."

경민이 홀쭉한 배를 통통 두들기더니 한 손을 불쑥 내밀었다. 금방 떠날 걸 알았나 보다. 할머니가 미리 경민의 가방에 거대 감자와 고구마를 넣어 두셨다. 넷이서 그걸 하나씩 들고서 우적우적 씹어 먹었다. 감자와 고구마는 덜 익어서 딱딱해도 맛은 끝내줬다. 단내가 입안에 확 퍼졌다. 남은 감자와 고구마는 아껴서 가방에 넣었다. 두고두고 꺼내 먹을 수 있게.

"응."

헤이는 주저 없이 그 손을 맞잡았다. 따뜻했다. 경민의 손바닥에 고여 있던 따스한 체온이 넘실넘실 헤이의 손으로, 꿈틀꿈틀 날뛰는 정맥 속으로 전해졌다. 두 소녀가 경쾌하게 자전거 안장에 올랐다. 진혁과 보영도 자전거 바퀴에 한 발을 올렸다.

"자전거 경주하자. 1등은 오늘 밤 잠자리 찾기 면제. 어때?"

경민이 머나먼 곳을 가리켰다.

"콜. 어디까지?"

보영이 눈을 치떴다.

"저기까지."

헤이는 경민이 가리킨 방향을 바라보았다. 지평선이 아득했다.

그런데 잠깐 쨍하게 푸르렀던 하늘에 새로운 불청객이 나타났다. 노을이 조금씩, 아주 조금씩 세상을 오렌지 빛깔로 물들이고 있었다. 아직 오렌지 빛에 물들지 않은 남쪽 하늘만은 최고로 푸르렀다. 푸름과 붉음의 경계선에서 태양이 고군분투했다. 노을에 밀리지 않으려 최후의 발악을 했다.

"너무 멀어."

진혁이 자신 없다는 듯 볼멘소리다. 혼자 처질까 두려운 낯빛이었다.

"그럼 너 빼고 한다. 준비, 땅!"

치르르릉. 셋의 자전거가 동시에 흙을 지치며 앞으로 튀어 나갔다.

"치사해. 같이 가!"

진혁이 기겁하였다. 소녀들이 깔깔거리며 더욱 맹렬히 두 발을 굴렸다. 헤이의 머리카락이 사락사락 나부꼈다. 다리가 가벼웠다. 자전거와 한 몸이 되어 날았다. 이대로 하늘 속으로 풍덩 빨려 들면 좋으련만.

어느덧 경민이 훅 치고 나가 친구들을 저만치 따돌렸다. 고물
자전거 행렬에서 단연 선두로 나섰다.

"굼벵이."

뒤를 돌아보고는 경민이 붉은 혀를 날름 내밀었다.

"잘난 척은. 울타린 내가 훨씬 잘 타거든."

헤이도 입을 샐쭉하였다. 질 새라 양껏 힘주어 페달을 밟기 시
작했다. 치르릉. 자전거 바퀴가 부딪치는 햇살을 짓뭉개며 쏜살
같이 돌아갔다.

"느려. 더 세게 밟아. 밟으라고!"

경민이 놀리듯 괴성을 내질렀다. 친구의 다그침에 헤이는 덩달
아 조바심이 났다. 심박수가 올라가고 손에 땀이 뭉클했다. 이마
에서 구슬땀이 주르륵 흘러내렸다. 경민이 침잠하는 태양 안으로
거침없이 파고들어 갔다. 마치 등에 커다란 날개를 단 듯했다.

불현듯 헤이가 눈살을 찡그렸다. 자세히 보니, 칙칙한 연둣빛
연기가 아기 눈썹처럼 노을 끄트머리에 살짝 걸려 있었다. 아쉽
게도 하늘에 그린가스가 완전히 사라지지 않았다. 언제 또 우울
한 녹색 구름이 하늘을 금세 메울지 모른다. 코피를 흘리게, 피
를 토하게 할지 모른다. 그러니 지금은 멈출 수 없었다. 끝까지
가 보리라. 그린가스가, 저 탁한 가공의 녹색이 없는 곳까지.

치릉치릉.

자전거 페달을 세게 밟을수록, 숨결이 목구멍을 치받치며 달궈
질수록 심장이 반항하였다. 거칠게 헉헉 펌프질하며 발악하였다.

체온이 뜨거워졌다. 헤이는 그 어느 때보다 바로 지금, 이 순간!
자신이 치열하게 살아 있음을 느꼈다.

"밟아. 더 밟으라고!"

경민이 계속 친구들을 북돋웠다. 굽어 가는 등을 꼿꼿이 세우
고서 나팔 불 듯 목청을 커다랗게 열었다. 희망찬 목소리를 팡파
르처럼 뿜어 올렸다.

"어서어서…… 집으로 돌아가자. 진짜 집으로!"

'3미터 10센티 높이'의 두꺼운 벽!

살다 보면 누구나 그런 벽을 맞닥뜨리게 된다. 한 번쯤, 혹은 여러 번. 특히 아이가 목을 빼고 올려다보는 벽은 끔찍이 높아 보일 거다.

저 벽 너머 어떤 세상이 기다리고 있을까. 설레다가도 덜컥 겁이 나겠지. 나비는 나풀나풀 날갯짓하며 저리 가벼이 담 너머로 날아가건만.

아이들 등에 진 짐이 참 무거워 보인다. 안간힘을 써서 겨우 벽을 넘었대도 파라다이스가 짠! 하고 펼쳐지지는 않는다. '빅홈' 너머 '빅빅홈'이 나타날 수 있다. 그렇게 커지는 세상에 비해 나라는 존재는 갈수록 쪼그라드는 느낌일지도. 뼛속까지 시린 차가움에 어깨를 오들오들 떨지도. 마른 땅에서 기댈 곳 없이 손등으로 눈물을 훔칠지도 모르지만.

너무 슬퍼 마시라. 여러분에게는 불굴의 힘이 있으니. 황폐한

흙에서 끝내 풀꽃의 싹을 틔워 낼 힘이. 서로의 체온과 웃음소리로 냉기를 썩 물리칠 힘이. 그러니 두 손으로 벽을 단단히 잡고 한 발, 한 발씩 천천히 올라가 보자.

'나…… 잘하고 있나. 잘 가고 있나?'

지금 그런 고민을 하고 있다면 충분하다. 잘 가고 있다는 증거니까. 치열하게 불안해하고 고민해 봤기에 멋진 사람이 될 자격이 있다.

책을 예쁘게, 따뜻하게 만들어 주신 미래인 출판사의 정성에 감사드린다. 항상 버팀목이 되어 준 가족에게 무한한 사랑을 바친다.

진저

빅 홀

초판 1쇄 펴낸날 2026년 3월 5일

지은이 진저
펴낸이 김민지

편집 최성휘, 박다예
디자인 이향령
마케팅 백민열, 김하연, 이윤서

펴낸곳 미래M&B
등록 1993년 1월 8일(제10-772호)
주소 07207 서울시 영등포구 양평로 21가길 19, 비동 2층 210호
전화 02-562-1800(대표)
팩스 02-562-1885(대표)
전자우편 mirae@miraemnb.com
홈페이지 www.miraeinbooks.com
블로그 blog.naver.com/miraeibooks
인스타그램 @mirae_inbooks

ISBN 978-89-8394-999-8 (43810)